PIERRE LOTI

DE L'ACADÉMIE FRANÇAISE

LA TROISIÈME JEUNESSE

DE

MADAME PRUNE

PARIS

CALMANN-LÉVY, ÉDITEURS

3, RUE AUBER, 3

LA TROISIÈME JEUNESSE

DE

MADAME PRUNE

CALMANN-LÉVY, ÉDITEURS

DU MÊME AUTEUR

Format grand in-18.

IMPRIMERIE CHAIX, RUE BERGÈRE, 20, PARIS. — 1046-1-05. — (Encre Lorilleux).

AVANT-PROPOS

A mes chers compagnons du *Redoutable*, en souvenir de leur bonne camaraderie pendant nos vingt-deux mois de campagne, je dédie ce livre, où j'ai voulu seulement noter quelques-unes des choses qui nous ont amusés, sans insister jamais sur nos fatigues et nos peines.

Ce n'est qu'un long badinage, écrit au jour le jour, il y a trois ans bientôt, alors que les Japonais n'avaient pas commencé d'arroser de leur sang les plaines de la Mandchourie. Aujourd'hui, malgré la brutalité de leur agression première, leur bravoure incontestablement mérite que l'on s'incline, et je veux saluer ici, d'un salut profond et grave, les héroïques petits soldats jaunes tombés devant Port-Arthur ou vers Moukden. Mais il ne me semble pas que le respect dû à tant de morts m'oblige d'altérer l'image qui m'est restée de leur pays.

P. LOTI.

Janvier 1905.

LA TROISIÈME JEUNESSE

DE

MADAME PRUNE

I

Samedi, 8 décembre 1900.

L'horreur d'une nuit d'hiver, par coup de
vent et tourmente de neige, au large, sans abri,
sur la mer échevelée, en plein remuement noir.
Une bataille, une révolte des eaux lourdes et
froides contre le grand souffle mondial qui les
fouaille en hurlant ; une déroute de montagnes
liquides, soulevées, chassées et battues, qui
fuient en pleine obscurité, s'entrechoquent, écu-
ment de rage. Une aveugle furie des choses, —
comme, avant les créations d'êtres, dans les

1

ténèbres originelles ; — un chaos, qui se dé-
mène en une sorte d'ébullition glacée...

Et on est là, au milieu, ballotté dans la cohue
de ces masses affreusement mouvantes et en-
gloutissantes, rejeté de l'une à l'autre avec une
violence à tout briser ; on est là, au milieu,
sans recours possible, livré à tout, de minute
en minute plongeant dans des gouffres, plus
obscurs que la nuit, qui sont en mouvement
eux aussi comme les montagnes, qui sont en
fuite affolée, et qui chaque fois menacent de se
refermer sur vous.

On s'est aventuré là dedans, quelques centaines d'hommes ensemble, sur une machine
de fer, un cuirassé monstre, qui paraissait si
énorme et si fort que, par temps plus calme,
on y avait presque l'illusion de la stabilité ; on
s'y était même installé en confiance, avec des
chambres, des salons, des meubles, oubliant
que tout cela ne reposerait jamais que sur du
fuyant et du perfide, prêt à vous happer et à
vous engloutir... Mais, cette nuit, comme on
éprouve bien l'instinctive inquiétude et le vertige d'être dans une maison qui ne tient pas,

qui n'a pas de base... Rien nulle part, aux immenses entours, rien de sûr, rien de ferme où se réfugier ni se raccrocher ; tout est sans consistance, traître et mouvant... Et en dessous, oh ! en dessous, vous guettent les abîmes sans fond, où l'on se sent déjà plonger à moitié entre chaque crête de lame, et où la grande plongée définitive serait si effroyablement facile et rapide !...

Dans la partie habitée et fermée du navire, — où, bien entendu, les objets usuels, en lamentable désarroi, se jettent brutalement les uns sur les autres, avec des poussées et des repoussées stupides, — on était jusqu'à cette heure à peu près à couvert de la mouillure des lames, et le grand bruit du dehors, atténué par l'épaisseur des murailles de fer, ne bourdonnait que sourdement, avec une monotonie sinistre. Mais voici, au cœur même de ce pauvre asile, si entouré d'agitation et de fureur, un bruit soudain, très différent de la terrible symphonie ambiante, un bruit qui éclate comme un coup de canon et qui s'accompagne aussitôt d'un ruissellement de cataracte : un sabord

vient d'être défoncé par la mer, et l'eau noire,
l'eau froide, entre en torrent dans nos logis.

Pour nous, peu importe ; mais, tout à l'arrière
du cuirassé, il y a notre pauvre amiral, cette
nuit-là entre la vie et la mort. Après les longues
fatigues endurées dans le golfe de Petchili,
pendant le débarquement du corps expéditionnaire, on l'emmenait au Japon pour un peu de
repos dans un climat plus doux ; et l'eau noire,
l'eau froide envahit aussi la chambre où presque
il agonise.

Vers une heure du matin, là-bas, là-bas
apparaît un petit feu, qui est stable, dirait-on,
qui ne danse pas la danse macabre comme
toutes les choses ambiantes ; il est très loin
encore ; à travers les rafales et la neige aveu-
glantes, on le distingue à peine, mais il suffit
à témoigner que dans sa direction existe du
solide, de la terre, du roc, un morceau de la
charpente du monde. Et nous savons que c'est
la pointe avancée de l'île japonaise de Kiu-Siu,
où nous trouverons bientôt un refuge.

Avec la confiance absolue que l'on a maintenant en ces petites lueurs, inchangeables et

presque éternelles comme les étoiles, que les
hommes de nos jours entretiennent au bord de
tous les rivages, nous nous dirigeons d'après
ce phare, dans la tourmente où les yeux ne
voient que lui ; sur ses indications seules, nous
contournons des caps menaçants, qui sont là
mais que rien ne révèle tant il fait noir, et des
îlots, et des roches sournoises qui nous bri-
seraient comme verre.

Presque subitement nous voici abrités de la
fureur des lames, la paix s'impose sur les
eaux, et, sans avoir rien vu, nous sommes
entrés dans la grande baie de Nagasaki. Les
choses aussitôt retrouvent leur immobilité, avec
la notion de la verticale qu'elles avaient si
complètement perdue ; on se tient debout, on
marche droit sur des planches qui ne se dé-
robent plus ; la danse épuisante a pris fin, —
on oublie ces abîmes obscurs, dont on avait si
bien le sentiment tout à l'heure.

A l'aveuglette, le grand cuirassé avance
toujours dans les ténèbres, dans le vent d'hiver
qui siffle et dans les tourbillons de neige ;
transis de froid et de mouillure, nous devons

être à présent à mi-chemin de cet immense
couloir de montagnes qui conduit à la ville
de madame Chrysanthème.

En effet, d'autres feux par myriades commencent à scintiller, de droite et de gauche
sur les deux rives, et c'est Nagasaki, étagée là
en amphithéâtre, — Nagasaki singulièrement
agrandie, à ce qu'il me semble, depuis quinze
ans.que je n'y étais venu.

Le bruit et la secousse de l'ancre qui tombe
au fond, et la fuite de l'énorme chaîne de
fer destinée à nous tenir : c'est fini, nous
sommes arrivés ; dormons en paix jusqu'au
matin.

Demain donc, au réveil, quand le jour sera
levé, le Japon, après quinze années, va me
réapparaître, là tout autour et tout près de
moi. Mais j'ai beau le savoir de la façon la plus
positive, je ne parviens pas à me le figurer,
sous cette neige, dans ce froid et ces ténèbres
de décembre, — mon arrivée de jadis, ici-
même, ne m'ayant laissé que des souvenirs de
voluptueux été, de chaude langueur : tout le
temps des cigales éperdument bruissantes, une

ombre exquise, une nuit verte criblée de rayons
de soleil, d'admirables verdures partout sus-
pendues et retombant des hauts rochers jusque
sur la mer...

II

Dimanche, 9 décembre 1900.

Réveillé tard, après une telle nuit de grande secouée, j'ouvre mon sabord, pour saluer le Japon.

Et il est bien là, toujours le même, à première vue du moins, mais uniformément feutré de neige, sous un pâle soleil qui me déroute et que je ne lui connaissais point. Les arbres verts, qui couvrent encore les montagnes comme autrefois, cèdres, camélias et bambous, sont poudrés à blanc, et les toits des maisonnettes de faubourg, qui grimpent vers les sommets, ressemblent dans

le lointain à des myriades de petites tables
blanches.

Aucune mélancolie de souvenir, à revoir
tout cela, qui reste joli pourtant sous le suaire
hivernal ; aucune émotion : les pays où l'on
n'a ni aimé ni souffert ne vous laissent rien.
Mais c'est étrange, au seul aspect de cette baie,
quantité de choses et de personnages oubliés
se représentent à mon esprit : certains coins
de la ville, certaines demeures, et des figures
de Nippons et de Nipponnes, des expressions
d'yeux ou de sourire. En même temps, des
mots de cette langue, qui semblait à jamais
sortie de ma mémoire, me reviennent à la file ;
je crois vraiment qu'une fois descendu à terre
je saurai encore parler japonais.

Au soleil de deux heures, la neige est partout fondue. Et on voit mieux alors toutes les
transformations qui se dissimulaient ce matin
sous la couche blanche.

Çà et là des tuyaux d'usine ont coquette-
ment poussé, et noircissent de leur souffle les
entours. Là-bas, là-bas, au fond de la baie, le
vieux Nagasaki des temples et des sépultures

semble bien être resté immuable, — ainsi que ce faubourg de Dioudjendji que j'habitais, à mi-montagne ; — mais, dans la concession européenne. et partout sur les quais nouveaux, que de bâtisses modernes, en style de n'importe où ! Que d'ateliers fumants, de magasins et de cabarets !

Et puis, où sont donc ces belles grandes jonques, à membrure d'oiseau, qui avaient la grâce des cygnes ? La baie de Nagasaki jadis en était peuplée ; majestueuses, avec leur poupe de trirème, souples, légères, on les voyait aller et venir par tous les vents ; des petits athlètes jaunes, nus comme des antiques, manœuvraient lestement leurs voiles à mille plis, et elles glissaient en silence parmi les verdures des rives. Il en reste bien encore quelques-unes, mais caduques, déjetées, et que l'on dirait perdues aujourd'hui dans la foule des affreux batelets en fer, remorqueurs, chalands, vedettes, pareils à ceux du Havre ou de Portsmouth. Et voici de lourds cuirassés, des « destroyers » difformes, qui sont peints en ce gris sale, cher aux escadres modernes, et

sur lesquels flotte le pavillon japonais, blanc
orné d'un soleil rouge.

Le long de la mer, quel massacre! Ce manteau de verdure, qui jadis descendait jusque
dans l'eau, qui recouvrait les roches même
les plus abruptes, et donnait à cette baie profonde un charme d'éden, les hommes l'ont tout
déchiqueté par le bas; leur travail de malfai-
santes fourmis se révèle partout sur les bords;
ils ont entaillé, coupé, gratté, pour établir une
sorte de chemin de ronde, que bordent aujour-
d'hui des usines et de noirs dépôts de charbon.

Et très loin, très haut sur la montagne,
qu'est-ce donc qui persiste de blanc, après
que la neige est fondue? Ah! des lettres, —
japonaises, il est vrai, — des lettres blanches,
longues de dix mètres pour le moins, formant
des mots qui se lisent d'une lieue : un sys-
tème d'affichage américain; une réclame pour
des produits alimentaires !

III

Un soleil d'arrière-automne, chaud sans
excès, lumineux comme avec nostalgie, tel, à
cette saison, le soleil au midi de l'Espagne;
un soleil idéal, s'attardant à dorer les vieilles
pagodes, à mûrir les oranges et les mandarines
des jardinets mignards...

De peur d'être trop déçu, j'ai préféré attendre ce beau temps-là, pour quitter mon navire
et faire ma première visite au Japon.

Donc, aujourd'hui seulement, surlendemain
de mon arrivée, me voici errant au milieu des
maisonnettes de bois et de papier, un peu

désorienté d'abord par tant de changements
survenus dans les quartiers voisins de la mer,
et puis me reconnaissant davantage aux abords
des grands temples, au fin fond du vieux
Nagasaki purement japonais.

Quoi qu'on en ait dit, il existe bien toujours,
ce Japon lointain, malgré le vent de folie qui
le pousse à se transformer et à se détruire.
Quant à la mousmé, je la retrouve toujours la
même, avec son beau chignon d'ébène vernie,
sa ceinture à grandes coques, sa révérence et
ses petits yeux si bridés qu'ils ne s'ouvrent
plus ; son ombrelle seule a changé : au lieu
d'être à mille nervures et en papier peint, la
voilà, hélas ! en soie de couleur sombre,
et baleinée à la mode occidentale. Mais la
mousmé est encore là, pareillement attifée,
aussi gentiment comique, et d'ailleurs innom-
brable, emplissant les rues de sa grâce mièvre
et de son rire. Du côté des hommes, les gracieux chapeaux melons et les petits complets
d'Occident ne sont pas sensiblement plus nombreux que jadis ; on dirait même que la vogue
en est passée.

Comme c'est drôle : j'ai été quelqu'un de
Nagasaki, moi, il y a longtemps, longtemps,
il y a beaucoup d'années !... Je l'avais presque oublié, mais je me le rappelle de mieux
en mieux, à mesure que je m'enfonce dans
cette ville étrange. Et mille choses me jettent
au passage un mélancolique bonjour, avec une
petite gerbe de souvenirs, — mille choses : les
cèdres centenaires penchés autour des pagodes,
les monstres de granit qui veillent depuis des
âges sur les seuils, et les vieux ponts courbes
aux pierres rongées par la mousse.

Des bonjours mélancoliques, disais-je... Mélancolie des quinze ans écoulés depuis que
nous nous sommes perdus de vue, voilà tout.
Par ailleurs, pas plus d'émotion que le jour
de l'arrivée : c'était donc bien sans souffrance
et sans amour que j'avais passé dans ce pays.

Ces quinze années pourtant ne pèsent guère
sur mes épaules. Je reviens au pays des mousmés avec l'illusion d'être aussi jeune que la
première fois, et, ce que je n'aurais pu prévoir,
bien moins obsédé par l'angoisse de la fuite
des jours ; j'ai tant gagné sans doute en déta=

chement que, plus près du grand départ, je vis
comme s'il me restait au contraire beaucoup
plus de lendemains. En vérité, je me sens
disposé à prendre gaîment notre séjour imprévu dans cette baie, qui est encore, à ce qu'il
semble, l'un des coins les plus amusants du
monde.

Sur le soir de cette journée, presque sans
l'avoir voulu, je suis ramené vers Dioudjendji,
le faubourg où je demeurais : l'habitude peut-
être, ou bien quelque attirance inavouée des
sourires de madame Prune... Je monte, je
monte, me figurant que je vais arriver tout
droit. Mais, qui le croirait? dans ces petits
chemins jadis si familiers, je m'embrouille
comme dans un labyrinthe, et me voici tournant, retournant, incapable de reconnaître ma
demeure.

Tant pis! ce sera pour un autre jour, peut-
être. Et puis, j'y tiens si peu!

IV

Jeudi, 13 décembre.

J'ai eu le plaisir de rencontrer ce matin au marché madame Renoncule, ma belle-mère, à peine changée ; ces quinze ans n'ont pour ainsi dire pas altéré les beaux restes que je lui connaissais, et nous nous sommes salués sans la moindre hésitation.

Elle a été on ne peut plus aimable, et m'a convié à un grand dîner, où je dois revoir quantité de belles-sœurs, de nièces et de cousines. En outre, elle m'a appris que sa fille, madame Chrysanthème, était très avantageusement établie, dans une ville voisine, mariée

en justes noces à un M. Pinson, fabricant de
lanternes en gros ; toutefois le ciel se refuse,
hélas ! à bénir cette union, qui demeure obstinément stérile, et c'est le seul nuage à ce
bonheur.

Le dîner de famille, auquel je n'ai pas cru
devoir refuser de prendre part, promet d'être
nombreux et cordial. Mon fidèle serviteur Osman, que j'ai présenté comme un jeune cousin,
y assistera aussi. Mais ma belle-mère qui, dans
les situations les plus délicates, ne perd jamais
le sentiment des nuances, a jugé plus convenable que monsieur et madame Pinson n'y
fussent point conviés.

V

Je m'ennuyais aujourd'hui dans Motokagomachi, — qui est la rue élégante et un peu
modernisée de la ville, la rue où quelques boutiques s'essaient à avoir des glaces, des étalages
à l'européenne; je m'ennuyais, et l'idée m'est
venue, pour me distraire, de recourir aux guéchas, comme nous faisions jadis...

Des guéchas, pour sûr il devait y en avoir
encore, bien que, au Japon, tout s'en aille. Et
je m'en suis ouvert à l'homme-coureur qui,
depuis un moment, me voiturait de toute la
vitesse de ses jambes musclées et trapues :

— Monsieur, m'a-t-il répondu, je vais vous
conduire dans une de nos maisons-de-thé les
plus élégantes, qui s'appelle la « Maison de la
Grue », et l'on s'empressera de contenter votre
caprice.

'(Je prie que l'on ne s'y trompe pas : dans
cette appellation, le mot *grue* (o tsuru) ne dé-
signe qu'un oiseau.)

C'est tout à côté de Motokagomachi, dans
une ruelle ; on entre par un petit portique
d'apparence comme il faut ; on traverse un
bijou de petit jardin où il y a des montagnes
naines, des rocailles de poupée, des vieux
arbres en miniature ; et la Maison de la Grue
est au fond, très accueillante et très discrète.
Comme les Européens n'y fréquentent guère,
elle a conservé sa minutieuse propreté japonaise ; je me déchausse en entrant, et deux
servantes, à mon aspect, tombent à quatre
pattes, le nez contre le plancher, suivant la
pure étiquette d'autrefois, que je croyais perdue. Au premier étage, dans une grande pièce
blanche qui est vide et sonore, on m'installe
par terre, sur des coussins de velours noir, et

on se prosterne à nouveau pour attendre mes ordres.

Voici. Je désire louer pour une heure une guécha, c'est-à-dire une musicienne, et une maïko, c'est-à-dire une danseuse. C'est très bien : on va prévenir deux de ces dames, qui habitent le quartier et travaillent d'ordinaire pour la maison.

En attendant qu'elles viennent, la dînette obligatoire m'est apportée avec mille grâces, sur des amours de petits plateaux... Décidément, il existe encore, mon Japon de jadis, celui du temps de Chrysanthème et du temps de ma jeunesse ; je reconnais tout cela, les tasses minuscules, les bâtonnets en guise de fourchette, le réchaud de bronze dont les poignées figurent des têtes de monstre, — et surtout les révérences, les petits rires engageants, les continuelles minauderies des servantes.

Mais j'avais connu ces choses à la splendeur de l'été ; or, je les retrouve en décembre, et l'hiver de l'année, — peut-être aussi l'hiver de ma vie, — me rendent leur mièvrerie par trop triste, intolérablement triste...

Qu'on se dépêche de m'amener ces dames. Je
gèle et je m'ennuie, là tout seul, pieds nus sur
ces nattes blanches. Un petit vent, rafraîchi à
la neige, passe en gémissant entre les panneaux
de papier qui servent de murailles; à part ma
dînette, posée à terre, et mes coussins de velours
noir, rien dans cette vaste chambre, rien qu'un
frêle bouquet là-bas, dans un vase, sur un
trépied de laque, — un bouquet d'un goût
exquis, j'en conviens; mais c'est égal, cette
nudité absolue est pour me geler davantage
encore. J'ai froid, froid jusqu'à l'âme; je me
sens ridicule et pitoyable, accroupi au milieu
de la solitude qu'est cette chambre. Vite, qu'on
m'amène ces dames, ou je m'en vais!

— Patience, monsieur, me dit-on avec mi-
gnardise; patience, on lisse leur chignon, elles
se parent!

Pour me donner le change sur la lenteur de
cette toilette, on m'apporte un par un divers
accessoires: d'abord la guitare à long manche,
enveloppée d'une housse en crépon rouge, et la
spatule d'ivoire pour en gratter les cordes;
ensuite un coffre léger, — en laque, il va sans

dire, — contenant les masques variés de la danseuse, ses fleurs en papier de riz, ses banderoles de soie; tout son petit bagage de saltimbanque raffinée, exotique, extra-lointaine.

Enfin, des froufrous dans l'escalier, des rires d'enfant, des pas légers qui montent : « Les voilà, monsieur, les voilà ! » Il était temps, j'allais me lever pour partir.

Entre d'abord une frêle créature, un diminutif de jeune fille, en longue robe de crépon gris souris, avec une ceinture rose fleur-de-pêcher, nouée par derrière et dont les coques ressemblent aux ailes d'un papillon géant qui se serait posé là. C'est mademoiselle Matsuko, la musicienne, qui se prosterne; le hasard m'a bien servi, car elle est fine et jolie.

Ensuite paraît le plus étrange petit être que j'aie jamais vu dans mes courses par le monde, moitié poupée et moitié chat, une de ces figures qui, du premier coup, se gravent, par l'excès même de leur bizarrerie, et que l'on n'oublie plus. Elle s'avance, en souriant du coin de ses yeux bridés; sa tête, grosse comme le poing, se dresse invraisemblable, sur un cou d'enfant,

un cou trop long et trop mince, et son petit
corps de rien se perd dans les plis d'une robe
extravagante, à grands ramages, à grands
chrysanthèmes dorés. C'est mademoiselle Pluie-
d'Avril, la danseuse, qui se prosterne aussi.

Elle avoue treize ans, mais, tant elle est petite,
menue, fluette, on lui en donnerait à peine
huit, n'était parfois l'expression de ses yeux
câlins et drôles où passe furtivement, entre
deux sourires très enfantins, un peu de fé-
minité précoce, un peu d'amertume. Telle
quelle, délicieuse à regarder dans ses falbalas
d'Extrême-Asie, déroutante, ne ressemblant à
rien, indéfinissable et insexuée.

Je ne m'ennuie plus, je ne suis plus seul ;
j'ai rencontré le jouet que j'avais peut-être
vaguement désiré toute ma vie : un petit chat
qui parle.

Avant que la représentation commence, je
dois faire les honneurs de ma dînette à mes
impayables petites invitées ; donc, sachant depuis longtemps les belles manières nipponnes,
je lave *moi-même*, dans un bol d'eau chaude,
apporté à cet usage, la tasse en miniature où

j'ai bu, j'y verse quelques gouttes de saki, et
les offre successivement aux deux mousmés;
elles font mine de boire, je fais mine de vider
la coupe après elles, et nous échangeons de
cérémonieuses révérences : l'étiquette est sauve.

Maintenant, la guitare prélude. Le petit chat
s'est levé, dans les plis de sa robe mirifique;
du fond de sa boîte de laque, il retire des
masques, se choisit une figure qu'il ne montre
pas, l'attache sur son minois comique en me
tournant le dos, et brusquement se refait
voir!... Oh! quelle surprise!... Où est-il, mon
petit chat?... Il est devenu une grosse bonne
femme, à l'air si étonné, si naïf et si bête que
l'on ne se tient pas d'éclater de rire. Et il
danse, avec une bêtise voulue, qui est vraiment
du grand art.

Nouvelle volte-face, nouveau plongeon dans
la boîte à malice, choix d'un nouveau masque
attaché prestement, et réapparition à faire fré-
mir... Maintenant c'est une vieille, vieille goule,
au teint de cadavre, avec des yeux à la fois
dévorants et morts dont l'expression est insou-
tenable. Cela danse tout courbé, comme en

rampant; cela conserve des bras de fillette qui,
tout le temps fauchent dans l'air, de grandes
manches qui s'agitent comme des ailes de
chauve-souris. Et la guitare, sur des notes
graves, gémit en trémolo sinistre...

Quand la mousmé ensuite, sa danse finie,
laisse tomber son masque affreux pour faire la
révérence, on trouve d'autant plus exquise, par
contraste, son amour de petite figure.

C'est la première fois qu'au Japon, je suis
sous le charme... Je reviendrai souvent dans
la « Maison de la Grue ».

VI

J'ai revu aujourd'hui ce jardinet de ma-
·dame Renoncule, ma belle-mère, dont le seul
aspect suffisait jadis à me donner le spleen.

Et je l'ai revu tout pareil, aussi maladif,
dans sa pénombre, entre ses vieux murs. Ses
arbres nains, qui paraissaient déjà centenaires.
n'ont ni changé, ni grandi d'une ligne. Tel
bouquet de petits cèdres avortons, que je me
rappelle si bien, de petits cèdres qui n'ont pas
deux pieds de haut, se mire toujours dans le
lac en miniature, dont la surface est ternie de
poussière. La même teinte, verdâtre et comme

moisie, est restée aux rocailles nostalgiques, dans les recoins sans soleil...

Il y a toujours un étonnement à retrouver, dans des pays très éloignés, et après de longues années qui ont été remplies pour vous d'agitations et de courses par le monde, à retrouver de pauvres petites choses demeurées immuables, d'infimes petites plantes qui continuent de végéter aux mêmes places.

VII

20 décembre.

A mon précédent séjour, il y a quinze ans, on ne voyait d'ivrognes au Japon que les matelots d'Europe. Maintenant les matelots japonais s'y sont mis, à l'alcool ; à peu près semblables à ceux de chez nous, sauf leur figure plate et jaune, portant le même col bleu et le même bonnet, ils vont bras dessus bras dessous, chantant et titubant par les rues. Quantité d'autres personnages, en robe nipponne, se grisent aussi le dimanche et se battent dans les cabarets.

En fait de maisons-de-thé, celles-là seules

qui sont très élégantes et très fermées, qui
n'admettent que de purs Japonais et quelques
étrangers de marque, celles-là seules ont gardé
la tradition : minutieuse propreté blanche,
grandes salles où il n'y a rien, raffinement extrême dans l'absolue simplicité.

Mais toutes les autres, ouvertes à qui veut
entrer, sont devenues sales et empestent l'absinthe. On y est admis sans se déchausser, en
gros souliers boueux ; plus de nattes immaculées par terre, plus de coussins pour s'asseoir ;
des chaises et des tables de cabaret ; sur les
étagères, au lieu des gentilles porcelaines pour
dînettes de poupées, aujourd'hui des alignements
de bouteilles, du wisky, du brandy, du pale-ale ;
tous les poisons d'Angleterre et d'Amérique,
déversés chaque jour à pleins paquebots, sur le
vieil empire du Soleil Levant.

Et pourtant le Japon existe encore. A certaines heures, dans certains lieux, on le retrouve
si intact et si japonais, qu'il semble n'avoir
subi qu'une atteinte superficielle. Cette grande
baie singulière où nous sommes, entre ses
hautes montagnes aux dentelures excessives, ne

cesse point d'être un réceptacle d'inépuisables
étrangetés. Nagasaki, malgré ses lampes électriques et la fumée de ses usines, est encore,
au fond, une ville très lointaine, séparée de
nous par des milliers de lieues, par des temps
et des âges.

Si son port est ouvert à tous les navires et
à toutes les importations d'Occident, du côté de
la montagne elle a gardé ses petites rues des
siècles passés, sa ceinture de vieux temples et
de vieux tombeaux. Les pentes vertes qui l'entourent sont hantées par ces milliers d'âmes
ancestrales, auxquelles on brûle tant d'encens
chaque jour ; elles n'ont pas cessé d'être le
tranquille royaume des morts ; les mystérieux
symboles, les stèles de granit, les bouddhas en
prière s'y pressent du haut en bas, parmi les
cèdres et les bambous. Et tout cet immense
lieu de recueillement et d'adoration, comme
suspendu au-dessus de la ville, jette son ombre
sur les drôlatiques petites choses qui se passent
en bas. Dans Nagasaki, n'importe où l'on se
promène et l'on s'amuse, toujours, au-dessus
de soi l'on sent cet amas de pagodes et de

cimetières, étagés parmi la verdure; chaque
rue qui s'éloigne de la rive, chaque rue qui
monte finit toujours par y aboutir, et on rencontre fréquemment d'extraordinaires cortèges
qui s'y rendent, accompagnant quelque Nippon
défunt que l'on conduit là-haut, là-haut, dans
une gentille chaise à porteurs...

VIII

J'ai retrouvé madame Prune, et je l'ai re-
trouvée libre et veuve!... Ça par exemple, ç'a
été une émotion...

J'étais monté par hasard vers Dioudjendji,
ne pensant point à mal, quand tout à coup un
tournant de sentier, un vieil arbre, une pierre,
m'ont reconnu au passage d'une façon saisis-
sante : ces choses avaient été jadis quotidien-
nement inscrites dans mes yeux ; j'étais à deux
pas de mon ancienne demeure...

J'y suis allé tout droit, et je l'ai revue toujours la même, malgré cet air de vétusté qu'elle

n'avait point encore au temps où je l'habitais. Sans hésiter, glissant la main entre les barreaux du portail, j'ai fait jouer la fermeture à secret pour entrer dans le jardin... Madame Prune était là, dans un négligé qui lui a été pénible, la pauvre chère âme que je n'aurais pas dû surprendre, le chignon sans apprêts, vaquant à quelques menus soins de ménage. Et tel a été son trouble de me revoir, qu'il ne m'est plus possible de mettre en doute la persistance de son sentiment pour moi.

Voici trois années, paraît-il, que M. Sucre a payé son tribut à la nature ; à quelque cent mètres au-dessus de sa maison, il repose dans l'un des cimetières de la montagne. La veuve conserve pieusement les reliques de l'époux qui sut puiser dans son art tant de détachement et de philosophie : l'encrier de jade, que j'ai tout de suite reconnu, avec la maman crapaud et les jeunes crapoussins ; les lunettes rondes ; et enfin la dernière étude qui sortit, inachevée, de cet habile pinceau, un groupe de cigognes, il va sans dire.

Quant à mademoiselle Oyouki, depuis plus

de dix ans elle est mariée, établie à la campagne, et mère d'une charmante famille.

Et madame Prune, en baissant les yeux, a
insisté sur cette liberté et cette solitude du
cœur, que sa nouvelle situation lui laisse...

IX

26 décembre.

Ceux-là seuls qui ont le *sens du chat* pourront me suivre et me comprendre dans le développement de ma passion pour la petite mademoiselle Pluie-d'Avril, professionnelle de danse nipponne.

On a le sens du chat ou on ne l'a pas ; il n'y a point à raisonner sur la question. J'ai vu des gens qui par ailleurs ne donnaient aucun autre signe d'aliénation mentale, embrasser des chats irrésistiblement, avec frénésie, sans que l'affection et encore moins l'amour fussent en cause. Et ces gens n'étaient pas toujours des

raffinés, des névrosés, mais souvent aussi des
êtres sains et primitifs; ainsi je me rappelle
que certaine petite chatte grise, de six mois,
à bord d'un de mes derniers navires, causait
de véritables transports à bon nombre de matelots; ils lui donnaient les noms les plus dé-
lirants, la pétrissaient de caresses, se fourraient
longuement la moustache dans son pelage doux
et propre, l'embrassaient à la manger, — tout
comme j'étais capable de faire moi-même, quand
par hasard je l'attrapais, cette moumoutte, dans
un coin propice et sans témoins indiscrets.

Inutile de dire que je ne vais pas aussi loin
avec mademoiselle Pluie-d'Avril en falbalas,
qui sans doute serait très choquée du procédé;
mais les jeunes chats et elle me causent des
sensations du même ordre, c'est incontestable,
et il y a des instants où des velléités me prennent
de la pétrir, — ce que je pourrais faire d'ailleurs sans plus de trouble intime que si c'était
mademoiselle Moumoutte en fourrure grise.

Je viens donc souvent m'asseoir sur les nattes
immaculées, dans les grands appartements vides
et sonores de la « Maison de la Grue ». On y

gèle, par ces froids de décembre, jamais bien
sérieux au Japon, il est vrai, mais attristants
à subir, entre des parois de papier, loin du
clair soleil qui rayonne dehors, et sans autre
feu qu'une braise dans un minuscule réchaud.

Et puis mademoiselle Pluie-d'Avril n'en finit
plus à sa toilette. On court la prévenir dès que
j'arrive, mais il faut chaque fois compter une
heure avant qu'elle paraisse, une heure à s'en-
nuyer devant la dînette posée par terre, et à
échanger de niais propos avec deux ou trois
servantes prosternées.

Quand il entre enfin, mon petit chat habillé,
c'est toujours la surprise d'atours nouveaux,
d'un dessin extravagant et d'un coloris chimérique. Du fond de la grande salle un peu
en pénombre, elle s'avance éclatante, avec une
majesté de marionnette ; elle est presque une
petite naine, mais surtout elle est une petite
fée ; et le corps, négligeable par lui-même, se
noie dans les plis de la robe, qui est garnie en
bas d'un bourrelet très dur, pour que la traîne
s'étale de tous côtés pompeusement. Ce qui
fait surtout l'invraisemblance du personnage,

c'est, je crois bien, la longueur du cou et
l'extrême petitesse de la tête. Mais le charme,
l'air vraiment chat, est dans les yeux; des yeux
bridés, retroussés, câlins, spirituels et tout le
temps narquois.

Mademoiselle Matsuko, la guécha, suit à
quelques pas derrière, très jolie aussi, mais
boudeuse, avec une moue de dignité offensée,
ayant trop bien compris que je ne viens point
pour elle, et affectant de plus en plus de s'habiller sans recherche, en des nuances éteintes.

Non seulement elle danse, mais elle chante
aussi, mademoiselle Pluie-d'Avril, où elle déclame, tout en exécutant les pas que mademoiselle Matsuko lui joue sur sa longue mando-
line. Et ce sont des séries de petits miaulements
tout à fait chatiques, mais à peine perceptibles,
avec, de temps à autre, en baissant la tête, des
sons impayables, tirés du fond du gosier, et
visant aux notes de basse-taille, — comme
quand les moumouttes sont très en colère.

Elle m'a exécuté aujourd'hui la « danse des
roues de fleurs », qui exige un jeu de plusieurs
cerceaux garnis de camélias rouges, et le « pas

de la source » avec deux bandes de soie blanche,
qu'elle parvenait à agiter d'un continuel et inexplicable mouvement d'ondulation, rappelant
l'eau des torrents.

X

Malgré la discrétion parfaite avec laquelle la chose m'a été insinuée, il a été clair aujourd'hui pour moi que madame Renoncule me verrait sans déplaisir renouveler mon titre de gendre par une union morganatique avec mademoiselle Fleur-de-Sureau, la plus jeune de ses filles. J'ai feint de ne point entendre, et ma belle-mère, avec son tact habituel, sans insister davantage, m'a conservé ses bonnes grâces. J'ai cru convenable toutefois de prétexter un empêchement de service, le soir de son grand dîner, ne me trouvant vraiment plus assez de la famille pour y prendre part.

XI

31 décembre.

L'immense et formidable escadre qui s'était réunie cet été, de tous les coins du monde, dans le golfe de Petchili, vient forcément de se disperser à l'approche des glaces. Les monstres en fer, qui ne peuvent plus rôder aux abords de Pékin, sont allés s'abriter un peu partout, dans des régions moins froides, pour attendre le printemps, où l'on s'assemblera de nouveau comme une troupe de bêtes de proie.

Plusieurs de ces monstres ont cherché asile, comme nous, dans la grande baie de Nagasaki, tiède et fermée. Nous sommes là quantités de cuirassés et de croiseurs, immobilisés pour quelques mois, et attendant.

Des centaines de marins, fort divers d'allure et de langage, animent donc chaque soir de leurs chansons ou de leurs cris les quartiers de la ville où l'on s'amuse, les innombrables bars à l'américaine remplaçant les maisons-de-thé d'autrefois. Les nôtres fraternisent un peu avec ceux de la Russie, mais beaucoup plus avec ceux de l'Allemagne, qui sont d'ailleurs remarquables de bonne tenue et d'élégance. C'était imprévu, cette sympathie entre matelots français et allemands, qui vont par les rues bras dessus bras dessous, toujours prêts à tomber ensemble à coups de poing sur les matelots anglais dès qu'ils les aperçoivent.

Au milieu de tout ce monde, les petits matelots japonais, vigoureux, lestes, propres, font très bonne figure. Et les cuirassés du Japon, irréprochablement tenus, extra-modernes et terribles, paraissent de premier ordre.

Combien de temps resterons-nous dans cette baie ? Vers quelle patrie serons-nous dirigés ensuite ? Et quelle sera la fin de l'aventure ?...

La guerre d'abord, entre la Russie et le Japon, la guerre s'affirme inévitable et prochaine; sans déclaration peut-être, elle risque d'éclater demain, par quelque bagarre impulsive aux avant-postes, tant elle est décidée dans chaque petite cervelle jaune; le moindre portefaix dans la rue en parle comme si elle était commencée, et compte effrontément sur la victoire.

Malgré toute l'incertitude de l'avenir, en ce moment nous nous amusons de la vie; après notre séjour sur les eaux chinoises, qui fut si austère, si fatigant et si dur, cette baie nous semble un agréable jardin, où l'on nous aurait envoyés en vacances, parmi des bibelots délicats et des poupées.

Bien que le retour soit encore si douteux et éloigné, vraiment oui, nous nous amusons de la vie, pendant que notre amiral, amené ici mourant, reprend ses forces de jour en jour, sous ce climat presque artificiel, entre ces montagnes qui arrêtent les rafales glacées. Un soleil, qui a l'air de passer à travers des vitres, surchauffe presque chaque jour les pentes délicieusement boisées entre lesquelles Nagasaki s'enferme. Sur les versants au midi, les oranges mûrissent; les énormes cycas de cent ans, qui, au seuil des vieilles pagodes, semblent des bouquets d'arbres antédiluviens, baignent dans la lumière leurs plumes vertes; contre les murs des jardins, les camélias fleurissent, avec les dernières roses, et on peut s'asseoir dehors comme au printemps, devant les petites' maisons-de-thé qui sont perchées au-dessus de la ville, à différentes hauteurs, parmi les temples et les milliers de tombeaux.

Vers la fin de la journée, quand le soleil s'en va et quand c'est l'heure de rentrer à bord, il fait juste assez froid pour que l'on trouve hospitalière et aimable la petite salle aux murs de tôle, bien chauffée par la vapeur, le « carré » où l'on dîne avec de bons camarades.

Et aujourd'hui, dernier jour de l'an et du siècle, par un temps tiède, suave, tranquille, je suis allé chez messieurs les horticulteurs nippons qui, de père en fils, torturent longuement les arbres, dans des petits pots, parmi des petites rocailles, pour obtenir des nains vieillots qui se vendent très cher. Au soleil de

la Saint-Sylvestre, se chauffaient là, tout le long
des allées, des alignements de potiches où l'on
voyait des chênes, des pins, des cèdres centenaires, la mine vénérable et caduque, pas
plus hauts que des choux. Mais je ne voulais
que des fleurs coupées, des roses d'arrière-
saison, des branches de camélias à pétales
rouges, de quoi remplir deux pousse-pousse,
qui ont traversé la ville à ma suite.

Ce soir donc, toute cette moisson était dans
ma chambre du *Redoutable* qui ressemblait à la
cabane d'un fleuriste. Deux braves matelots en
composaient des gerbes sous ma direction, et,
à l'heure du thé, je les ai portées à notre amiral, qui nous semblait près de mourir il y a
trois semaines, mais qui a repris sa figure des
bons jours, qui est ressuscité comme par
miracle, au milieu de ce calme que le Japon
lui donne.

XII

1er janvier 1901.

Éveillé par une aubade bruyante, alerte et joyeuse, qui éclate avant jour dans les flancs de l'énorme cuirassé endormi : c'est le « branle-bas » de l'équipage, la musique pour faire lever les matelots. Mais cette fois, à ce premier matin de l'année et du siècle, clairons et tambours, dans l'obscurité, n'en finissent plus de jouer toutes les dianes de leur répertoire ; jamais les hommes du *Redoutable* au réveil n'ont eu ce long tapage de fête.

Où suis-je ? J'ai si souvent dans ma vie changé de place, qu'il m'arrive plus d'une fois de ne

pas savoir, comme ça tout de suite, au sortir
du sommeil... La lumière, que machinalement
j'ai fait jaillir, la lumière électrique, me montre
un étroit réduit tendu de peluche rouge, et
rempli de camélias rouges ; de longues branches,
presque des buissons de camélias, dans des
vases de bronze. Et des déesses en robes d'or,
au visage très doux, sont là assises près de
moi, les yeux baissés, — comme dans les
temples de la Ville Interdite [1], où elles habi-
tèrent trois fois cent ans...

Ah ! oui... Ma chambre à bord du *Redoutable*...
Je reviens de Chine, et je suis au Japon...

On frappe à ma porte, discrètement : l'un
après l'autre, quatre ou cinq matelots, qui
viennent de se lever, entrent pour me souhaiter
la bonne année et le *bon siècle*, avec des petits
compliments naïfs. C'est donc bien aujourd'hui
le commencement du xxᵉ. Je m'étais figuré le
commencer l'an dernier, pendant la nuit du
1ᵉʳ janvier 1900, sur la lagune indienne, alors
qu'une barque du Maharajah de Travancore

1. La Ville Interdite, ville impériale, au cœur de Pékin.

m'emmenait au clair des étoiles, entre deux
rideaux sans fin de grands palmiers noirs;
mais non, je m'étais trompé, affirment les
chronologistes, et ce matin seulement je verrai
l'aube de ce siècle nouveau.

Aube de janvier, lente à paraître; une heure
se passe encore avant que les deux déesses,
gardiennes de ma chambre, s'éclairent d'un peu
de jour.

Mais quand enfin j'ouvre ma fenêtre, le
Japon qui m'apparaît alors, indécis et comme
chimérique, moitié gris perle et moitié rose,
est plus étrange, plus lointain, plus *japonais*
que les peintures des éventails ou des porcelaines; un Japon d'avant le soleil levé, un
Japon s'indiquant à peine, sous le voile des
buées, dans le mystère des nuages. Tout auprès
de moi, des eaux luisent, semblent des miroirs
reflétant de la lumière rose, et puis, en
s'éloignant, cette surface de la mer tranquille
devient de la nacre sans contours, se perd dans
l'imprécision et la pâleur. Des flocons de
brume, des ouates colorées comme des touffes
d'hortensia, enveloppent et dissimulent tout ce

qui est rivage; plus haut seulement, et toujours
en rose, en rose très atténué de grisailles,
s'esquissent des bouquets d'arbres suspendus,
des rochers à peine possibles tant ils ont de
hardiesse ou de fantaisie, et enfin des montagnes, plutôt des reflets de montagnes, n'ayant
pas de base, rien que des cimes, des dentelures, des pointes érigées dans le ciel vague.
Ces choses transparentes, on n'est pas sûr
qu'elles existent; en soufflant dessus, on
risquerait sans doute de changer tout ce décor
imaginaire. Il fait idéalement doux; dans l'air
presque tiède on sent l'odeur de la mer et un
peu le parfum de ces baguettes que les gens
brûlent ici perpétuellement sur les tombes, ou
sur les autels des morts. Voici maintenant une
grande jonque, une d'autrefois, qui passe avec
sa voilure archaïque et sa poupe de trirème;
dans le site irréel, devant cette sorte de trompe-
l'œil qui a des nuances de nacre et de fleur,
elle glisse sans que l'on entende l'eau remuer,
et la brume enveloppante l'agrandit; on croirait
un navire fantôme, si elle n'était toute rose
elle-même, sur ces fonds roses.

4

Dix heures ; les buées du matin ont fondu
au soleil, qui est chaud aujourd'hui comme
un soleil de mai.

L'amiral me délègue pour aller, en épau-
lettes et en armes, présenter au gouverneur
japonais ses vœux de bonne année, et une
baleinière du *Redoutable* m'emmène, à l'aviron,
sur l'eau devenue très bleue.

La foule nipponne dans les rues est déjà en
habits de fête.

Il me faudra deux coureurs à ma *djinricha*,
pour la vitesse, et surtout pour le décorum, en
tant qu'officier français ; — or, c'est difficile à
recruter un jour de premier de l'an, car
messieurs les coureurs font leurs visites et
déposent leurs cartes. Quand j'ai trouvé cependant mon équipe, nous partons à toutes jambes
avec des cris pour écarter le monde.

Et un monde si drolatique ou si gracieux !
Un monde à sourires et à révérences, qui
s'empresse vers mille devoirs de civilité, et se
complimente tout le long du chemin, avec
un affairement bien inconnu aux premiers de
l'an chez nous. Des mousmés vont par bande,

aussi vite que permettent leurs sandales atta-
chées entre le pouce et les doigts ; elles sont
habillées de clair, de nuances tendres, et des
piquets de fleurs artificielles rehaussent leur
chignon aux coques parfaites. Des bébés adorables, aux yeux de chat, trottinent se donnant
la main, l'air important, en longue robe de
cérémonie, coiffés d'une manière très apprê-
tée, avec des petites touffes, des petits pinceaux de cheveux s'érigeant dans diverses
directions. Enfin messieurs les portefaix et
messieurs les coureurs sont eux-mêmes en
tenue de gala, en robe de coton bleu bien
neuve et bien raide, ornée de larges inscriptions blanches sur le dos et la poitrine; ils
tiennent à la main les cartes de visite qu'ils
vont au pas de course distribuer à leurs brillantes relations.

Une maison neuve, à peu près européenne,
dont les abords sont encombrés par les djinri-
chas d'innombrables visiteurs : c'est chez le
gouverneur de la ville, qui nous reçoit avec
le frac brodé et le sourire officiel des préfets
d'Occident.

Après un grand déjeuner d'officiers, à la
table de l'amiral, vite je quitte ma tenue de
marin pour retourner à terre, me mêler à la
foule japonaise.

Nagasaki, d'un bout à l'autre de ses rues,
est enguirlandée d'une manière uniforme.
Tout le long des maisonnettes de bois, vieilles
ou neuves, court une interminable frange
verte, faite de touffes en roseau alternant avec
de longues feuilles de fougère pendues par la
tige. Et, devant l'entrée de chaque demeure,
au cordon qui soutient cette frange, est attachée une pendeloque toujours pareille, qui se
compose d'une carapace rouge de homard, de
deux coquilles d'œuf et d'un peu de feuillage.
Tout cela, paraît-il, est traditionnel, symbo-
lique, inchangeable décoration du premier jour
de chaque année.

Entre ces guirlandes ininterrompues, l'agitation souriante de la foule bat son plein, sous
le soleil d'hiver; gentilles mousmés, pâlottes
et mièvres, vieilles duègnes aux sourcils rasés,
aux dents laquées de noir, se saluent et se
resaluent au passage, comme si, de se ren-

contrer, c'était chaque fois une joie et une
surprise à n'en plus revenir ; des dames, qui
se trouvent nez à nez à un carrefour, station-
nent une heure en face les unes des autres,
cassées en deux pour les plus profondes révérences, et c'est à qui n'osera pas se redresser
la première. Du côté des hommes, même de
ceux qui restent vêtus à la japonaise, les chapeaux melon sévissent en ce jour avec fureur,
et quelques grands élégants, fidèles encore à
la robe de soie des ancêtres, ont fait cependant
une concession au goût moderne en se coiffant
d'un haut de forme.

Très empressés, les visiteurs, les visiteuses,
en général sont reçus dans le vestibule de la
maison, — le petit vestibule tapissé de nattes
blanches, où se trouve aujourd'hui un pla-
teau rempli de sucreries cocasses, à côté de
l'inévitable vase de bronze contenant la braise
pour allumer les pipes en miniature des
dames. Ils dégoisent avec volubilité leurs compliments, ces visiteurs si polis, leurs compliments entrecoupés de révérences, saisissent
du bout des doigts, après mille cérémonies

et mille grâces, un de ces petits bonbons en forme de fleur ou d'oiseau, tout à fait immangeables pour nous, puis reprennent leur course, en se retournant plusieurs fois dans la rue pour saluer encore.

Oh !... Mon petit chat qui fait ses visites lui aussi!... Mon petit chat vêtu de couleurs presque sévères, pour la rue, et s'empressant comme les grandes personnes à remplir ses devoirs de civilité !... Non, qui n'a pas vu la petite mademoiselle Pluie-d'Avril assise avec dignité dans son pousse-pousse, et tenant en main ses cartes de visite, lilliputiennes comme elle-même; qui n'a pas rencontré ça, et n'en a pas reçu au passage un cérémonieux salut, n'imaginera jamais la grâce et le charme d'une mousmé de douze ans, diplômée pour la danse et le beau maintien...

Tant de remuement comique, et un si clair soleil sur la bigarrure des costumes, chassaient la tristesse que chaque premier de l'an traîne à sa suite; mais elle n'était pas loin, elle rôdait dans l'air, cette tristesse à laquelle on n'échappe pas ce jour-là, et bientôt nous nous

retrouvons, elle et moi, comme d'anciens amis,
fatigués de s'être trop connus; c'est au milieu
des quartiers caducs, aujourd'hui silencieux,
qui confinent à l'immense ville des morts et
où passe à peine, de temps à autre, quelque
mousmé furtive, jetant l'éclat de sa robe de
fête au milieu des antiques boiseries et des
vénérables pierres. Nagasaki finit à la montagne abrupte, qui s'élève chargée de temples
et de sépultures, qui forme tout alentour un
seul et même cimetière, étagé au-dessus de la
ville des vivants, un cimetière un peu domi-
nateur, mais tellement doux et ombreux...

Au pied même de cette nécropole, passe une
rue délaissée, où demeure la vieille et maigre
madame L'Ourse, ma fleuriste habituelle. C'est
une rue très ancienne; d'un côté, il y a des
maisonnettes d'autrefois, des échoppes centenaires où l'on vend des fleurs pour les tombes,
et, de rencontre, des petits dieux domestiques,
ou des autels en laque pour ancêtres; de l'autre,
il y a le flanc même de la montagne, le rocher
presque vertical, interrompu de distance en
distance par les grands portiques sans âge, les

grands escaliers qui conduisent aux pagodes,
ou bien par les petits sentiers de chèvre, tapissés de capillaires et de mousses, qui vont se
perdre là-haut, chez messieurs les morts et
mesdames les mortes. J'y viens souvent, dans
cette rue, non pas seulement à cause de madame L'Ourse, mais pour prendre ensuite quelqu'un de ces sentiers grimpants et monter dans
l'immense et délicieux cimetière. Surtout par
un soleil nostalgique, d'une tiédeur d'oran-
gerie, comme celui de ce soir, je ne sais pas
s'il existe au monde un lieu plus adorable ;
c'est un labyrinthe de petites terrasses superposées, de petites sentes, de petites marches,
parmi la mousse, le lichen et les plus fines
capillaires aux tiges de crin noir. En s'élevant,
on domine bientôt toutes les antiques pagodes,
rangées à la base de cette montagne comme
pour servir d'atrium aux quartiers aériens où
dorment les générations antérieures ; la vue
plonge alors sur leurs toits compliqués, leurs
cours aux dalles tristes, leurs symboles, leurs
monstres. Au delà, toute cette ville de Nagasaki, vue à vol d'oiseau, étale ses milliers de

maisonnettes drôles couleur vieux bois et de
poussière ; au delà encore, viennent les rives
de verdure, la baie profonde, la mer en nappe
bleue, la tourmente géologique d'alentour,
l'escarpement des cimes, tout cela lointain et
comme *apaisé* par la distance. L'apaisement, la
paix, c'est surtout ce que l'on sent pénétrer en
soi, plus on séjourne dans ce lieu et plus on
monte ; mais pour nous elle est très étrange,
la paix que cette ville des morts exhale avec la
senteur de ses cèdres et la fumée de ses baguettes d'encens : paix de ces milliers d'âmes
défuntes qui perçurent le monde et la vie à
travers de tout petits yeux obliques et dont le
rêve fut si différent du nôtre. Ils sont innombrables, les êtres dont la cendre se mêle ici à
la terre ; les bornes tombales, inscrites de lettres
inconnues, se groupent par familles, se pressent
sur le flanc de la montagne comme une multi-
tude assemblée pour un spectacle ; il en est de
si anciennes, de si usées qu'elles n'ont plus de
forme. Et tout ce versant regarde le sud et
l'ouest, de façon à être constamment baigné
de rayons, le soir surtout, attiédi et doré même

quand décline le soleil d'hiver, comme en ce moment. Le long des étroits sentiers, aujourd'hui semés de feuilles mortes, qui grimpent vers les cimes, on passe parfois devant des alignements de gnomes assis sous la retombée des fougères, bouddhas en granit de la taille d'un enfant, la plupart brisés par les siècles, mais chacun ayant au cou une petite cravate d'étoffe rouge, nouée là par les soins de quelque main pieuse. Par exemple, de personnages vivants, on n'en rencontre guère ; un bûcheron, de temps à autre, un rêveur ; une mousmé qui, par hasard, ne rit pas, ou une vieille dame apportant des chrysanthèmes, allumant sur une tombe une gerbe de ces baguettes parfumées qui donnent à l'air d'ici une senteur d'église. Il y a des camélias de cent ans, devenus de grands arbres ; il y a des cèdres qui penchent au-dessus de l'abîme leurs énormes ramures, noueuses comme des bras de vieillard. Des capillaires de toute fantaisie, longues et fragiles, forment des amas de dentelles vertes, dans les recoins qui ont la tiédeur et l'humidité des serres. Mais ce qui envahit sur-

tout les tombes et les terrasses des morts, c'est
une certaine plante de muraille, empressée à
tapisser comme le lierre de chez nous, une
plante charmante aux feuilles en miniature,
qui est l'amie inséparable de toutes les pierres
japonaises.

On reçoit en plein les rayons rouges du
soir, en ce moment, dans les hauts, cimetières
tranquilles ; les feuilles mortes, le long des chemins, semblent une jonchée d'or, en attendant qu'elles se décomposent pour féconder les
mousses et tout le petit monde délicat des fougères. Les bruits d'en bas arrivent à peine
jusqu'ici ; la ville, aperçue dans un gouffre,
au-dessous de ses pagodes et de ses tombes,
n'envoie point sa clameur vers le quartier de
ses morts : dans ce calme idéal, dans cette
tiédeur, comme artificielle, épandue sur la
nécropole par le soleil d'hiver, les âmes d'ancêtres, même les plus dissoutes par le temps,
doivent reprendre un peu de conscience et de
souvenir.

Quant à moi, qui suis né sur l'autre versant
du monde, voici qu'au milieu de ces ambiances

étranges je songe très mélancoliquement à mon pays, à l'année qui vient de finir, au siècle tombé ce matin dans l'abîme et qui fut celui de ma jeunesse...

Maintenant une cloche sonne, en bas dans une pagode, une cloche formidable et lente, — quelqu'une de ces cloches énormes qui sont couvertes d'inscriptions mystérieuses ou de figures de monstre, et que l'on fait vibrer au choc d'une poutre suspendue ; — elle sonne à intervalles très espacés, comme chez nous pour les agonies. Elle ne trouble rien ; plutôt elle accentue, elle souligne cet exotique silence. En l'entendant, je me sens plus loin encore de la terre natale ; je regarde avec plus de tristesse ce rouge soleil au déclin, qui, à cette heure même, se lève là-bas, pour un matin sans doute glacé, sur ma maison familiale...

XIII

Un seigneur japonais, un véritable, un qui
se souvient encore d'avoir été, au temps de son
adolescence, un Samouraï à deux sabres, mais
qui porte aujourd'hui tunique de colonel et
casquette galonnée à la russe, nous a conviés
ce soir à faire la fête avec lui, dans la maison-
de-thé la plus élégante de la ville et la plus
fermée, où l'on dédaignerait de nous recevoir
si nous n'étions ses hôtes.

C'est tout au fond du vieux Nagasaki, près
de la grande pagode du « Cheval de Jade », et
nous nous y rendons en djinricha, au coup de

neuf heures du soir, par une nuit froide et
pure, éclairée d'une belle lune d'hiver.

Dans ce quartier où brillent à peine quelques lanternes, la maison qui nous attend,
connue pour les rendez-vous de noble compagnie, est sombre, close, silencieuse, immense :
elle a deux étages, très hauts de plafond, et se
dresse plutôt tristement sur le ciel étoilé. Nos
coureurs nous déversent à la porte, au pied
d'un escalier, dans un vestibule minutieusement propre où nous devons dès l'abord quitter
nos chaussures.

Aussitôt, des mousmés, qui sans doute nous
guettaient à travers les châssis de papier mince,
se précipitent du haut de l'escalier sur nos
personnes, s'abattent comme un vol de petites
fées éclatantes. Il y en a juste autant que d'invités, — et honni soit qui mal y pense, car tout
se passera comme dans le monde ; ces dames,
des guéchas de renom, que le seigneur à deux
sabres nous offre pour la soirée, ont seulement
accepté charge de nous distraire, de partager
notre dînette, de charmer nos yeux ; rien de
plus. Chacun de nous aura la sienne ; chacun

de nous, dans le moment même qu'il se déchausse, est accaparé par une de ces gentilles
créatures, qui ne le quittera plus ; du premier
coup, les couples se forment dans le brouhaha
de l'arrivée, presque sans choix, comme au
hasard, et c'est deux par deux, la main dans
la main, que nous gravissons l'escalier, avec
une musique de petits rires voulus, puérils
sans naïveté, mais jolis quand même.

Au premier étage, la salle de réception, où
nous sommes juste douze, les guéchas com-
prises, contiendrait facilement deux cents convives ; nous y avons l'air perdu, au milieu de
l'immaculée blancheur du papier mural, ou des
nattes couvrant le plancher. Et il n'y a rien
pour orner cette blanche solitude : ce serait une
faute d'élégance ; rien qu'un grand bouquet
frêle qui s'élance d'un vase ancien et rare, posé
sur un haut socle d'ébène ; tout le luxe du lieu
consiste dans les vastes proportions, l'espace,
et aussi dans la finesse des boiseries, l'impeccable netteté des choses.

Le seigneur, pour nous recevoir, a repris ses
longues robes de soie ; n'étaient ses cheveux

coupés court, il serait redevenu un Japonais du
vieux temps. Quant au décor, il est aussi très
pur, sauf la lumière électrique, la trop moderne
lumière, qui tombe çà et là du plafond, mais
d'une manière discrète cependant, et voilée de
verre dépoli.

Quand nous sommes tous accroupis par terre,
bien en rang au fond de la salle, sur des coussins de velours noir, six servantes pareillement
vêtues apparaissent à la porte, dans le lointain
de ce petit désert de nattes et de papier, se
prosternent et font une première entrée tout à
fait rituelle pour venir d'abord placer, devant
chacun des couples assis, l'inévitable réchaud
de bronze. Ce sont des personnes entre deux
âges, et d'aspect respectable, ces servantes,
pâles, distinguées, les cheveux lissés en ailes de
corbeau; elles ont arboré la tenue et la couleur
de grand apparat, qui sont spéciales aux fêtes
du nouvel an et ne doivent se porter que la
première semaine de chaque année : robe de
crépon noir, d'un noir mat et profond comme
le voile de la nuit, avec un blason blanc au
milieu du dos; robe qui traîne derrière, traîne

sur les côtés, traîne devant, et qui, grâce à un
jeu de bourrelets intérieurs, reste toujours
majestueusement étalée autour de la mièvre
petite bonne femme.

Et la dînette commence par terre, tous les
services apportés en bon ordre et en rang par
les six servantes correctes, dont la noire théorie
s'avance chaque fois comme pour le deuil très
officiel de quelque personnage lointain et saugrenu.

C'est la même dînette japonaise que l'on a
déjà faite partout : les petites soupes aux algues,
les énigmatiques et minuscules choses pour
poupées. Mais tout est d'un raffinement extrême,
servi dans des porcelaines diaphanes, dans des
laques légers, légers, presque impondérables.
Et il y a d'étonnantes pâtisseries imitant des
paysages, des sites de rêve nippon, rocailles en
sucre brun, vieux cèdres en sucre verdâtre très
délicatement feuillus.

Après souper, ces dames, qui sont haut cotées
et se font payer fort cher, consentent à retirer
de leurs étuis de crépon les longues guitares à
voix de sauterelle et les spatules d'ivoire qui

5

servent d'archets. Elles chantent, comme de
jeunes chats qui miauleraient le soir du haut
d'un mur. Et enfin elles dansent, avec des
masques divers ; la danse de la goule, celle de
la grosse dame joufflue et bête, la danse des
roues de fleurs, le pas de la source ; tout ce que
mademoiselle Pluie-d'Avril, mon amie, m'a déjà
fait connaître dans la « Maison de la Grue »,
et qui est de tradition infiniment ancienne,
m'est réédité ici, dans un cadre plus vaste, plus
distingué et plus vide encore.

Ces dames ont des robes adorablement nuan-
cées, qui passent du bleu cendré de la nuit au
rose de l'aube, et que traversent de grandes
fleurs imaginaires, ou bien des vols de cigognes
au plumage d'or. A force de grâce et d'artifices,
elles sont presque jolies, et on subirait leur
charme apprêté s'il faisait moins froid. Mais
on gèle sur ces nattes, dans la salle trop
grande où les braises des gentils réchauds nous
entêtent sans donner de chaleur. Et la lune de
janvier, dont on perçoit, à travers les carreaux
de papier de riz, la pâleur spectrale, en con-
currence avec la lumière électrique, nous rap-

pelle que dehors la gelée blanche de l'extrême
matin doit commencer de se déposer sur la
ville endormie. Il est temps de quitter ce lieu
d'élégance étrange.

Pour finir, un jeu puéril sans gaîté. Par
terre, dans la salle très vide, on forme un
cercle avec les coussins de velours funéraire,
espacés d'une longueur de mousmé, et là-dessus
nous voici tous courant à la file et en rond,
d'un pas que rythme une chanson de cent ans.
— Les Japonais s'amusaient à ce jeu dans la
nuit des âges : de vieilles images en font foi. —
A perdu qui n'est pas perché sur le velours d'un
coussin noir, quand brusquement la chanson
s'arrête, et les guéchas alors font entendre des
petits rires, comme une dégringolade de perles
fausses.

Oh! la niaiserie et la tristesse de cela, au
milieu de cet exotisme extrême, au pied de la
pagode du Cheval de Jade, dans le grand silence
des entours et dans la froidure d'un minuit de
janvier!...

Allons-nous-en! — Nos coureurs, en bas,
nous attendent, endormis dans des couvertures,

à côté de nos souliers. Enfin rechaussés, nous nous installons sur nos petits chars, et l'air vif nous saisit, la nuit du dehors nous enveloppe, tandis que les guéchas, restées dans l'escalier, en groupe lumineux, étourdissant de couleur, s'inclinent pour des révérences charmantes. Sur le ciel tout bleu de rayons de lune, les vieux cèdres sacrés du temple voisin découpent en noir leurs branches tordues, aux rares bouquets de feuillage, d'un dessin très japonais. Et peu à peu nous prenons de la vitesse, à mesure que s'éveillent mieux nos coureurs; nous voilà partis pour une longue course aux lanternes, traversant un Nagasaki bleuâtre, vaporeux et lunaire, qui dort tout baigné de brume hivernale.

XIV

Oh! les étonnantes petites personnes, que
j'ai rencontrées aujourd'hui à la campagne! Je
les voyais de loin cheminer devant moi, une
cinquantaine, presque en rang comme un peloton de soldats, toutes pareilles et toutes blanches. Des peignoirs de calicot blanc, — aux
manches plates, attachés à la taille par une
ceinture, sans corset, — en faisaient des bonnes
femmes bien rondes, à tournure de grosse
paysanne inélégante. Des bonnets de calicot,
tout simples et tout raides, mais trop majes-
tueux et comme gonflés de vent, semblaient

des cloches à melon sur les têtes... Qu'est-ce que ça pouvait bien être, ce monde-là ? Des Japonaises, fagotées ainsi, lourdement et sans grâce ? — Pas possible.

J'ai pressé le pas pour vérifier. Et, sous les hauts bonnets comiques, j'ai bien vu des figures plates de mousmés ou de jeunes femmes nipponnes ; mais ces dames avaient l'air sérieux, pénétré, ne riaient point ; l'habituel badinage des rencontres n'eût pas été de circonstance, évidemment, et j'ai passé, sans rire moi non plus.

Ensuite je me suis informé : c'était l'école des ambulancières pour l'armée, qui faisait une promenade hygiénique d'entraînement !... Tout est à la guerre, en ce moment-ci, tout est préparatifs pour cette grande tentative contre la Russie, — qui, du reste, ne constituera que la manifestation initiale de l'immense Péril jaune.

On m'a assuré que, dans les rangs de ces petites créatures empaquetées en tenue d'hôpital, il se trouvait des dames nobles, des descendantes de ces vieilles familles dans les-

quelles nous autres étrangers ne pénétrons pas
encore. Et des officiers, mes camarades, qui
ont déjà été soignés et pansés par elles, gardent le meilleur souvenir de leurs mains si
petites, douces, adroites, aux patiences inlassables.

Mais ces énormes bonnets gonflés d'air, ces
espèces de coiffes à la Cauchoise, qui dira
pourquoi ?...

XV

Samedi, 12 janvier.

Madame Renoncule, ma belle-mère, a vraiment toutes les délicatesses. Malgré ma réserve si marquée vis-à-vis de mademoiselle Fleur-de-Sureau ma belle-sœur, elle m'avait de nouveau convié hier soir à un repas de famille, que j'aurais eu trop mauvaise grâce de refuser encore. J'espérais toutefois m'y amuser davantage, et je dois reconnaître que l'attitude générale a été plutôt guindée. On gelait, en chaussettes, sur les nattes du plancher. On disait des choses cherchées et vides, galantes avec réserve, dont on essayait de rire. Les petites soupes étaient froides dans les bols en miniature. Tout était froid.

Et tout serait resté incolore si, vers la fin du repas, une de mes cousines mariée depuis peu, madame Fleur-de-Cerisier, — jeune personne très distinguée, mais qui dès l'âge le plus tendre a été maintes fois victime d'un tempérament trop inflammable, — ne s'était éprise d'Osman au point de lui proposer d'oublier pour lui tous ses devoirs. A la suite de cet incident, que l'on ne saurait trop déplorer, une gêne très notable s'est glissée dans mes rapports avec ma belle-famille.

Toutefois mes relations avec madame Prune n'en ont point souffert, et ce matin je l'ai accompagnée jusqu'à la tombe de feu ce pauvre M. Sucre, où elle avait senti le besoin d'aller déposer avec moi quelques fleurs. Son culte est vraiment touchant pour la mémoire de cet époux débonnaire, qui ne suffisait peut-être pas à la fougue de sa nature, mais que paraient tant de qualités discrètes, et qui possédait comme pas un le tact de s'éclipser à propos.

C'étaient de tardifs chrysanthèmes, couleur de rouille, gracieusement entremêlés à des branchettes de cryptomeria, que madame Prune avait choisis pour sa fidèle offrande.

Il m'a paru un peu à l'abandon, le coin de cimetière où M. Sucre repose, mais situé fort aimablement sur la montagne, avec une vue attrayante. Aux quatre coins de la tombe, des tubes de bambou fichés en terre forment de naïfs porte-bouquets où nous avons disposé nos fleurs, non sans quelque recherche d'arrangement. Une courte invocation aux Esprits des ancêtres ; quelques baguettes d'encens allumées dans le petit brûle-parfum funéraire, et la veuve, avec un soupir, s'est arrachée à ce lieu mélancolique ; il fallait se hâter, car la pluie menaçait de nous surprendre au milieu de nos pieux devoirs.

Cette averse a d'ailleurs rendu plus intime notre retour, car, dans les chemins de descente, tout de suite glissants et dangereux, madame Prune, chaussée de socques en bois, a dû chercher le secours de mon bras, et nous sommes revenus ensemble sous son large parapluie.

Il était très vaste, ce parapluie de madame
Prune, à mille nervures et garni de papier
gommé ; tout autour, peintes en transparent,
folâtraient des cigognes, — interprétées un
peu à la manière du cher défunt, qui restera
toutefois le peintre incomparable de ce genre
d'oiseau.

XVI

16 janvier.

Aujourd'hui, une visite dont je m'amusais d'avance, ma première à mademoiselle Pluie-d'Avril, dans son domicile particulier.

Et je l'ai trouvé tel que je l'imaginais, ce logis de petite cigale sans lendemain, de petite créature qui n'existe que par la grâce éphémère et le chatoiement des atours, à l'égal de quelque papillon éclos pour charmer nos yeux. C'est dans une vieille rue qui monte, — non vers les montagnes des temples et des tombeaux, mais vers la « Montagne ronde », sorte de colline détachée en pleine ville et ne supportant que des maisons-de-thé ou des maisons de plaisir. Là, au premier étage d'une construction à la mode ancienne, toute de bois de cèdre et de papier, le nid de la petite danseuse s'avance en balcon, au-dessus des passants rares et discrets. On se déchausse, il va sans dire, dès le bas de l'escalier, garni de nattes blanches, et tout est minutieusement propre dans la maisonnette sonore, dont les bois, desséchés depuis cent ans, vibrent comme la caisse d'une guitare.

Mademoiselle Pluie - d'Avril habite avec M. Swong, un énorme chat, matou bien fourré, d'imposante allure, qui porte une collerette tuyautée, et madame Pigeon, une vieille, vieille femme à cheveux blancs qu'elle appelle grand'mère, — quelque « madame Prune » du temps passé, sans doute, mais qui a pourtant de braves yeux, un air de bonne aïeule, douce et presque respectable.

Après mille révérences, pendant qu'on se hâte de me préparer des bonbons et du thé, je passe, du coin de l'œil, l'inspection de ce logis. C'est drôle d'être là, et mademoiselle Pluie-

d'Avril, en maîtresse de maison, comment dire
ses belles manières, son affairement, et le
sérieux de son impayable minois !... Un intérieur bien modeste ; on est comme chez des
gens du peuple, mais soigneux. Ce qui détonne
seulement, ce sont les coffres de laque contenant
les costumes de danse, dont quelques-uns, jetés
çà et là, semblent des robes de fée qui traî-
neraient dans une chaumine. Aux murs, de
bois sec et de papier blanc, il y a des photographies de mademoiselle Pluie-d'Avril et de
quelques-unes de ses camarades, dans leurs
rôles à succès : frimousses de jeunes chattes,
avec des falbalas comme les princesses nipponnes de jadis, ou avec des perruques de douai-
rière. Et, à titre de curiosité exotique, il y a
aussi deux images européennes : l'impératrice
Eugénie et le roi Victor-Emmanuel... Cependant
je ne vois nulle part la table des ancêtres, le
recoin vénéré, toujours un peu noirci par la
fumée des baguettes d'encens, que l'on trouve
dans les maisons les plus pauvres. Non, il fait
défaut ici, cet autel qui est l'indice de toute
famille constituée ; la petite danseuse n'a donc

point de parents, et n'est chaperonnée dans la vie que par ce matou sournois et cette grand'-mère de hasard.

Au fait, pourquoi donc s'en est-elle allée, la soi-disant grand'mère, la vieille dame aux yeux restés honnêtes?... Et pourquoi M. Swong, assis gravement sur son postérieur, la collerette relevée en fraise à la Médicis, m'observe-t-il fixement avec ses yeux verts?... Dans ce milieu-là, tout est mystérieux et tout est possible... Cependant, non, je ne peux croire que cette éclipse de madame Pigeon soit intentionnelle; un pareil soupçon me gâterait ce propret logis, cette petite créature fine, et là collation posée devant moi sur les nattes du plancher. Chassons le doute mauvais, et asseyons-nous par terre pour faire la dînette, avec des cérémonies, comme dans le monde...

Quand il est l'heure de prendre congé, j'embrasse mademoiselle Pluie-d'Avril et M. Swong, chacun sur la joue, et on me reconduit très aimablement, très cordialement, après avoir exprimé l'espérance de me revoir. Sans aucun doute, je reviendrai, car tout s'est passé à souhait, il n'y a eu nulle équivoque, et, sur la dernière marche du vieil escalier, mademoiselle Pluie-d'Avril, prosternée, son éventail à la main, me suit d'un franc et gentil sourire...

Mais qu'est-ce qu'il peut bien y avoir, dans cette toute petite tête de danseuse, et dans ce petit cœur?... Toujours la mélancolique interrogation sans réponse, que j'ai si souvent ressassée à propos d'êtres essentiellement différents de moi et indéchiffrables, chats, singes, ou enfants des races humaines très distantes de la nôtre, dont le regard était entré dans le mien par la route profonde... Et puis, quels seront ses lendemains, à celle-là, et quelles prostitutions l'attendent? Restera-t-elle seulement jolie en grandissant, quand la fleur de l'enfance sera fanée sur ses joues? Et alors, si elle ne l'est plus, jolie, dans quelle misère ira-t-elle finir, la petite fille aux belles robes?...

Tout en songeant à ces lendemains de mademoiselle Pluie-d'Avril, qui incarne encore un rêve du vieux Japon, du Japon des laques et des éventails, je retombe peu à peu dans le Nagasaki moderne, et voici les quais, les ca-

barets à l'américaine. C'est l'heure où la foule
lamentable des ouvriers quitte les usines, visages noircis par ce hideux charbon de terre,
qui aura été, plus que l'alcool peut-être, le
fléau destructeur de notre espèce. Et là-bas,
sur la rive d'en face, au pied de ces montagnes
qui ne connaissaient naguère que les cèdres,
les bambous et les pagodes, des tuyaux fument,
fument, empoisonnent l'air du soir, et des
machines sifflent, crient avec des voix de Guignol : là est l'arsenal maritime, où l'on s'épuise
nuit et jour à construire les plus ingénieuses
machines, pour ces grandes tueries d'ensemble,
inconnues à nos ancêtres.

XVII

La pluie tombait dru sur la mer, qui en était comme criblée, qui semblait fumer au coup de fouet de ces milliers de gouttelettes cinglantes.

Dans ma chambre du *Redoutable*, — la porte fermée pour moins entendre ce perpétuel bruit des entreponts bondés de matelots, — un tel déluge mettait, avant l'heure, une obscurité de soir. Le piano, que je venais d'ouvrir, avait ses sons feutrés des jours où il pleut, et la pédale sourde, tout le temps maintenue à cause des voisins, atténuait aussi la musique de Wagner, comme si on l'eût jouée au fond d'une armoire close : c'était un passage de *Tristan et Iseult*, que j'accompagnais, d'une manière un peu distraite tout d'abord, et que mon serviteur Osman chantait à demi-voix. Par la fenêtre, on voyait les verdures de la rive, dans un effacement gris, des verdures mouillées, des roches mouillées, des feuillages qui se couchaient sous l'averse ; on se sentait entouré d'eau, enveloppé de ruissellements.

Porte fermée, la vie, le remuement, la clameur contenue des six cents hommes, entassés un jour de pluie dans les flancs du navire, vous arrivait bien encore, à travers les cloisons de fer ; mais c'était une symphonie si habituelle que vraiment on l'entendait à peine, on l'entendait même de moins en moins, à mesure que le chant wagnérien vous prenait davantage, que la voix montait, et que s'exaltait l'accompagnement.

Or les paroles disaient : «... dans un pays lointain, dans un pays où règne l'ombre », quand le canon tout à coup est venu ébranler notre maison blindée... Des coups espacés, à intervalles funèbres, ne rappelant pas ces saluts que, dans une escadre comme la nôtre, on entend chaque jour... Et j'ai envoyé Osman aux informations.

Il est rentré vite pour me dire, du reste sans altération notable sur sa figure joyeuse : « C'est la vieille *couine* qui est morte ! » Et un timonier, l'instant d'après, venait avec plus de correction m'annoncer aussi : « Commandant, les Anglais saluent, pour la Reine Victoria qui est décédée. » — Oh ! alors, si c'est cela, tous les navires vont s'y mettre ; et le *Redoutable* lui-même ; nous en avons pour jusqu'à ce soir, de ces longues salves pompeuses. Reprenons donc *Tristan et Iseult*, malgré le fracas du dehors. La nouvelle d'ailleurs n'interrompt pas non plus l'exercice de gymnastique des matelots qui font les mouvements d'assouplissement au-dessus de ma tête, ni leurs voix gaies qui comptent toutes ensemble : une, deux, trois ! sans souci de ce deuil officiel.

La canonnade cependant se propage sur tous les points de la baie, où sont rassemblés tant de navires de combat, et l'écho de la montagne aussi s'en mêle, répond comme un tonnerre lointain.

Or, il en va de même tout autour de la terre. Et c'est étrange, quand on s'y appesantit, la répercussion de cette mort sur le monde... Ainsi, une aïeule rassasiée de jours vient de s'éteindre là-bas, là-bas, dans une île brumeuse ; des milliers d'autres créatures, un peu partout, rendaient en même temps leur âme, dont on ne s'occupe point ; mais celle-ci, par une des plus antiques et des plus enfantines conventions humaines, personnifiait un peuple, le *peuple de proie* ; alors, un réseau de fils enveloppant les pays et les mers, a propagé la nouvelle, et c'est un immense bruit, troublant le repos de tous ; dans chaque lieu, dans chaque recoin où les hommes ont groupé des machines à tuer, un vacarme d'orage retentit, comme ici même dans cette baie si éloignée et si étrangère.

D'aucuns la disaient bonne et pitoyable aux souffrances, la si vieille reine qui vient de mourir : alors, combien son déclin dut être angoissé par les spectres du Transvaal, si seulement elle avait gardé un cœur un peu maternel malgré l'orgueil, à travers les griseries de

l'adulation et du faste. Nul ne m'était plus in-
différent qu'elle, et cependant sa fin m'émeut
presque, en cette pluvieuse journée d'hiver ;
c'est qu'elle était souveraine bien des années
avant ma naissance, et, tout enfant, j'entendais
souvent prononcer son nom, en ce temps-là
sympathique aux Français ; une période meurt
avec son interminable règne, et il semble
qu'elle nous entraîne un peu tous à sa suite
dans le passé...

Mais, il était écrit que, dans ce pays, je ne
pourrais rien prendre au sérieux, pas même un
deuil royal... Voici maintenant que je pense à
l'impression des mousmés, dans toutes ces
maisonnettes perchées sur la rive, entre les
feuillages trempés de pluie, à leur surprise
d'entendre ces salves qui ne finissent plus ; les
petits carreaux de papier, les petits châssis à
glissière s'ouvrant partout, dans ces logis frêles
comme des jouets de Nuremberg, et des têtes
gentiment comiques, se risquant sous l'averse,
pour se demander les unes aux autres, après
la révérence obligée : « Qu'est-ce qu'il y a, mademoiselle Tulipe ?... Qu'est-ce qui se passe

donc, mademoiselle La Lune?... » Alors le
sourire me vient malgré moi, ce sourire irrésis-
tible que me causent toujours les figures des
mousmés ou des jeunes chats...

Sur le soir, quand le vrai crépuscule s'ajoute
à la pénombre des nuages et de la pluie, la
canonnade par degrés s'apaise. A longs intervalles, quelques derniers coups grondent encore,
prolongés par l'écho. Et puis un infini silence
retombe sur cette mort, avec la nuit qui vient :
la page de l'histoire est tournée ; la vieille
dame orgueilleuse commence sa descente éternelle, dans la paix peut-être, assurément dans
la cendre et l'oubli...

XVIII

Dimanche, 20 janvier.

Les derniers chrysanthèmes, fripés par les
gelées du matin, ont disparu de l'étalage de
madame L'Ourse, ma fleuriste ordinaire, pour
faire place à des camélias et à des branchettes
de saule, ornées déjà de ces petites pende-
loques jaunâtres qui sont des floraisons
d'extrême renouveau. Notre séjour indéterminé
dans ce pays se prolonge de semaine en semaine, et nous finirons par y voir poindre le
printemps.

Dans sa vieille rue toujours en pénombre,
qui longe le flanc de la montagne et les sou-

bassements des temples, cette boutique de madame L'Ourse est un point où je m'arrête chaque jour, avant d'aller m'isoler là-haut, dans les bosquets des morts. Nous sommes du reste un peu en galanterie, madame L'Ourse et moi : c'était fatal.

Sa maisonnette de bois est noirâtre, caduque comme la rue tout entière, moisie à l'ombre de ces terrasses moussues qui soutiennent les pagodes et la nécropole. À la devanture, sont accrochés quantité de tubes en bambou remplis d'eau, où trempent des fleurs, des feuillages, des fougères, des herbes. — Les Japonais, même du bas peuple, chacun sait cela, nous ont devancés de plusieurs siècles dans le raffinement des bouquets, dans l'art de composer, avec les plantes les plus vulgaires, des gerbes d'une grâce inimitable, dignes de leurs vases aux mille formes.

Avec madame L'Ourse, — qui est dans les âges de madame Prune, autant dire à l'époque de la vie où les femmes sont le plus aimables, — le prix des fleurs se débat toujours longuement, pour le seul plaisir de marchander, en se faisant un doigt de cour. Cela s'entremêle de madrigaux que je lui adresse sur sa personne et qu'elle sait me rendre avec une civilité parfaite; d'autres dames du voisinage sortent alors des petits logis vermoulus et sombres pour assister au galant tournoi: c'est madame Montagne-Peinte, marchande de bric-à-brac au coin de la rue, ou madame Le Nuage qui vend des baguettes d'encens pour les Trépassés, ou encore madame Tubéreuse, dont l'époux, au fond d'un hangar poussiéreux, redore les bouddhas centenaires et répare les autels d'ancêtres.

Lorsque ma gerbe est enfin choisie et payée, je la laisse en dépôt chez la marchande (prétexte à revenir), et je commence mon ascension à peu près quotidienne à la sainte montagne qui surplombe.

Quantités de chemins s'offrent à moi, tout le long de cette rue vénérable, où il fait plus froid qu'ailleurs faute de soleil. Tantôt je m'en vais par les étroits raidillons qui grimpent au milieu des roches verdies, des mousses à reflet de velours, des capillaires aux tiges de crin

noir, des petites sources éparpillées sur les
feuilles comme des perles de verre.

Ou bien je monte plus lentement par les
larges escaliers de granit et les terrasses des
temples. — Mais là, le sourire s'arrête, car soudainement tout devient grave, et une horreur
religieuse inconnue sort des vieux sanctuaires
obscurs. Il y a de quoi faire chaque jour quelque découverte nouvelle, dans ces quartiers de
silence et d'abandon, étagés au-dessus de la
ville, et précédés de tant de vestibules, de terrasses, de portiques sévères. Dans les cours
dallées, des arbres qui ont vu passer les siècles
étendent leurs grosses branches mourantes,
soutenues çà et là par des béquilles de bois ou
de granit ; il y pousse aussi des cycas géants,
dont le tronc multiple s'arrange en forme de
candélabre ; des cycas qui supportent le froid,
admettent à l'occasion la neige sur leurs beaux
plumets, — résistent aux hivers, dans ce pays,
comme font du reste quantité d'autres plantes
délicates, et comme les singes des forêts, comme
les grands papillons pareils à ceux des Tropiques,
le Japon, semble-t-il, ayant le privilège d'une

flore et d'une faune qui ne sont plus de son climat. — Des galeries couvertes, aux colonnes de cèdre, entourent d'une zone d'ombre les sanctuaires presque toujours fermés, où l'on voit, à travers les barreaux des portes, briller des dorures atténuées, luire les mains et les visages des dieux assis en rang sur des fauteuils. Ces temples, comme leurs arbres, ont vu couler des années par centaines, et le moment approche où leurs boiseries, leurs laques s'en iront en débris et en cendre. Sur les autels, ou bien aux plafonds poudreux, aux frises des vieilles colonnades, derrière les toiles d'araignées, il y a partout du mystère ; partout il y a de l'étrange et de l'inquiétant, dans les moindres formes des figures ou des symboles. Et on sent bien, ici, qu'au fond de l'âme de ce peuple badin, au fin fond pour nous impénétrable, doit résider autre chose que de la frivolité et du rire, sans doute quelque conception plutôt terrible de la destinée humaine, de la vie et de l'anéantissement...

En montant toujours, voici bientôt la peuplade des petits bouddhas en granit, tout barbus

de lichen, et les innombrables bornes funéraires, enlacées de plantes aux minuscules
feuilles; voici le réseau des sentiers qui se
croisent parmi les tombes, sous les bambous
et les camélias sauvages; voici tout le labyrinthe
des morts. Et, à cette hauteur, je retrouve
presque chaque fois ce soleil du soir, couleur
de cuivre, qui, avant de s'abîmer là-bas dans
la mer Jaune, s'attarde si languissamment sur
ces pentes exposées au sud et à l'ouest, pour
y apporter une tiédeur pas naturelle et comme
enfermée, et me donner toujours la même illusion de serre. Çà et là, gisant sur quelque
terrasse mortuaire, une chaise à porteurs, toute
petite et en bois blanc très mince, comme pour
promener une poupée, indique la place d'un
mort nouvellement amené à ce haut domaine;
c'est là dedans qu'on a apporté sa cendre, et
l'usage veut qu'on laisse le véhicule léger pour-
rir sur place, avec les lotus en papier d'argent
qui servirent au cortège. Où les brûle-t-on, ces
morts, dans quel recoin clandestin, et avec
quelle pudeur de les montrer? En ville on ne
les rencontre jamais que déjà tout incinérés,

tout réduits, tout gentils, et ne pesant plus, portés allègrement à l'épaule sur des bâtonnets, dans des petits palanquins en bois blanc, d'élégante et précise menuiserie ; et quand j'ai interrogé des Japonais sur le lieu des bûchers, ils m'ont chaque fois évasivement répondu : « Dans les montagnes... par là-bas... par là-haut... » Il n'y a donc que de la poussière humaine, ici, point de cadavres jamais, ni de décompositions, ni de forme affreuse, et cela supprime tout effroi sous ces ombrages.

L'heure du soir est l'heure par excellence, dans ces hauts cimetières où la senteur hivernale des feuilles mortes, des mousses et des lichens se mêle au parfum des baguettes d'encens allumées sur les tombes. C'est aussi l'heure où je conçois le mieux l'énormité des distances ; en regardant, du haut de mon tranquille observatoire, décliner le soleil du Japon, qui se lève à ce moment même sur mon pays, j'ai comme l'impression physique, un peu vertigineuse, de la convexité de la Terre, et de sa courbe immense. Et je me sens si loin, si loin, d ansle crépuscule qui vient, que tout à coup

me prend le frisson de nostalgie, au souvenir
du pays Basque, ou bien de ma maison natale...

Le plus souvent il est couché, ce soleil,
quand je repasse devant chez madame L'Ourse,
mais elle m'attend pour tirer les vieux châssis
de bois qui ferment sa devanture. Avec un
regard plein de sous-entendus, elle ne manque
jamais d'ajouter à la gerbe achetée deux ou
trois fleurs, pour moi particulièrement pré-
cieuses, parce qu'elles sont un cadeau, une
surprise qu'elle me réservait.

Et maintenant, vite un pousse-pousse rapide, un coureur qui ait de bonnes jambes,
afin de retraverser la ville nipponne et de ne
pas manquer le dernier canot du soir. D'abord
c'est la longue rue des marchands, où, devant
les petites boutiques de bois, papillotent les
porcelaines, les éventails, les émaux, les
laques, toutes les choses maniérées et jolies
que fabriquent par milliers les Japonais et
que vendent les mousmés souriantes. Là défi-
lent, dans le même sens que le mien, quantité
d'autres pousse-pousse empressés qui ramènent
vers la mer les officiers de notre escadre ou

des cuirassés étrangers, chacun rapportant
nombre de petits paquets ingénieusement fice-
lés, de petites caisses finement menuisées : les
exaspérants bibelots auxquels ici personne
n'échappe.

Le long des nouveaux quais à l'américaine,
où les coureurs haletants nous déposent, on se
retrouve; on se trie par nations, sous un petit
vent glacé qui manque rarement de se lever
le soir et d'asperger d'embruns notre retour à
bord.

On nous a tant traités de pillards, dans
certains journaux, nous tous, officiers ou soldats de l'expédition de Chine, que nous avons
admis la dénomination « pillage » pour toute
chinoiserie ou japonerie, si honnêtement achetée soit-elle, et payée en monnaie sonnante.
Or, il est de règle sur mon bateau qu'après le
souper, à l'instant des cigarettes, chacun doit
exhiber son « pillage » du jour ; la table du
« carré » se garnit donc tous les soirs d'étonnantes choses, présentées par leur propriétaire
respectif. Mon Dieu, qu'on est bien, les nuits
d'hiver, en rade tranquille, installé à son

bord, entre bons camarades, rentré dans cette petite France flottante qui vous porte si fidèlement, mais qui voisine tour à tour avec les pays les plus saugrenus du monde!...

XIX

Madame Prune caressait depuis de longs jours le rêve de venir me voir à bord, comme elle était venue jadis sur la *Triomphante*, il y a tantôt quinze ans, hélas! à l'époque où s'épanouissaient, dans toute leur fraîcheur première, ses sentiments pour moi.

J'avais galamment consenti, mais, en homme correct qui craint de donner à jaser, je m'étais rendu chez madame Renoncule ma belle-mère pour la prier de chaperonner la visiteuse. Et, afin d'enlever même tout caractère clandestin à cette entrevue, j'avais convié aussi deux de mes belles-sœurs et quatre jeunes guéchas de ma connaissance, en leur recommandant d'apporter des guitares.

Il avait fallu ensuite prévenir la police nipponne, pour les raisons suivantes. Depuis des années, le Japon détenait le monopole d'exporter dans toutes les villes maritimes de l'Extrême-Orient des jeunes personnes de caractère gai, spécialement destinées à faire oublier aux navigateurs les austérités de la mer ; mais le gouvernement du Mikado veut supprimer aujourd'hui cet usage, qu'il regarde comme attentatoire au bon renom national, et devient très circonspect lorsqu'il s'agit de laisser des dames seules se rendre à bord des navires.

La perspective d'être présentés à madame Prune avait jeté parmi mes camarades un doux émoi. Ils avaient fait des frais, commandé pour la table des fleurs et de très ingénieuses sucreries. Et, à l'instant fixé, leurs jumelles se promenaient discrètement sur tous les sampans de la rade, pour épier la venue de nos invitées.

Au bout d'une demi-heure, personne. Au bout d'une heure, rien encore. Et j'ai envoyé aux informations, sur le quai.

Des policiers, — trop peu physionomistes, hélas! — s'étaient opposés à l'embarquement de ces dames, malgré l'autorisation accordée la veille, croyant au départ d'une relève de pensionnaires pour certaines maisons de Shangaï ou de Singapour.

Madame Renoncule, paraît-il, toujours si maîtresse d'elle-même, avait reçu ce coup le front haut, et s'était contentée de ramener avec dignité mes belles-sœurs au logis.

Mais, à l'idée d'être prise pour l'une de ces hétaïres migratrices, qui ne craignent pas d'abandonner l'autel de leurs ancêtres pour aller vendre à l'étranger leur sourire, madame Prune s'était évanouie.

XX

Je passais tranquillement, avec un de mes
camarades du *Redoutable*, dans Motokagomachi,
la grande rue des boutiques, regardant les
bibelots extraordinaires aux devantures et les
sourires de ces gentilles petites personnes,
qui ont les yeux si bridés. Mais, en avant
de nous là-bas, très vite un rassemblement
se formait, d'où partaient des vociférations
aiguës, grinçantes, rugueuses, comme celles
des Chinois en guerre. Et au milieu de ce
groupe excité, deux officiers français, contre
lesquels semblait tournée la fureur générale!...

Alors, nous sommes accourus aussi, il va sans dire.

C'étaient deux enseignes de vaisseau, arrivés d'hier à Nagasaki sur un croiseur. Des bonshommes autour d'eux avaient les poings levés, leurs courts bras jaunes sortant jusqu'à l'épaule des manches de leurs robes. Or, ces bonshommes, nous les connaissions bien : c'étaient des marchands de potiches du voisinage, chez lesquels nous avions l'habitude de fréquenter, gens à sourires et à révérences plus que personne, gens d'ordinaire obséquieux et patelins, — mais si transfigurés aujourd'hui par la colère ! Leurs petits yeux devenus effrayants, leur bouche contractée par un rictus de fauve ! Des êtres pour nous tout à fait nouveaux, imprévus, ressemblant à ces masques de guerre qui grimacent la mort, et dont les Japonais ont bien dû en effet prendre le modèle chez eux quelque part.

Tout simplement ces Français avaient poussé du pied le chien d'un de ces marchands, qui voulait mordre : alors, besoin immédiat de revanche nationale contre les deux étrangers...

Le calme un peu dédaigneux des attaqués,
notre arrivée aussi, à nous qui étions connus
pour être d'assez faciles acheteurs, empêcha
la bagarre d'aller jusqu'au premier coup de
poing ; sans cela nous étions aveuglément
houspillés par la foule, et non moins aveuglément traînés au poste par une escouade de
police, ainsi qu'il arriva la semaine dernière
aux officiers d'une autre flotte européenne.

Ce petit peuple, arrogant et plein de mystère, cache, sous ses dehors gracieux, une haine
farouche pour les hommes de race blanche.

Imaginerait-on même qu'un de leurs sujets
de jalousie contre les Européens est de ne
pouvoir, pour cause de visage trop plat, user
d'un pince-nez? Aussi les élégants d'entre eux
se hâtent-ils d'en porter, même s'ils n'en ont
pas besoin, pour peu qu'ils se sentent au milieu
de la figure un soupçon de quelque chose per-
mettant d'en accrocher un.

XXI

Vendredi, 25 janvier.

Le temple du Renard devient depuis quelques jours un de mes lieux de pèlerinage habituels.

Un chemin d'ombre verte, dans un repli de montagne, vous y conduit en grimpant comme un escalier au bord d'une petite cascade alerte et glacée. Il y a quinze ans, j'avais pu vivre tout un été à Nagasaki sans le connaître, et je ne l'aurais pas découvert cette fois non plus, sans les emblèmes religieux échelonnés à diverses hauteurs parmi les branches, le long du sentier presque clandestin. Ces emblèmes

sont des renards blancs, assis sur des socles,
— des renards fantastiques, bien entendu, des
renards déformés par l'imagination japonaise
et traduits sous les traits de maigres bêtes aux
oreilles de chauves-souris, montrant les dents
avec un de ces rires à ne pas regarder, comme
en ont les têtes de mort; ou bien ce sont de
frêles portiques de menuiserie, peints en rouge
et couverts d'inscriptions noires, parfois espacés
au hasard, ailleurs si rapprochés qu'ils forment
une sorte de voûte rougeâtre, sous l'autre voûte
si verte des feuillées. Quelques maisonnettes
s'étagent aussi sur le parcours, humbles boutiques de baguettes d'encens pour le temple, de
bonbons pour les enfants qui montent en pèlerinage, ou de petits renards en plâtre, longs
comme le doigt mais taillés sur le modèle de
ceux de la route et montrant l'affreux rictus
qui convient. Partout des branches retombantes,
des mousses, des fougères; de beaux manda-
riniers, garnis de leurs fruits d'or qui achèvent
lentement de mûrir au soleil hivernal. Des roches polies, arrondies par le temps et que d'im-
perceptibles lichens ont marbrées, à l'ombre,

de nuances douces et rares : des verts cendrés, des gris passant au rose. Et çà et là, posé sur quelque vieille pierre debout, un temple en miniature, de la taille d'un théâtre de Guignol, très vieux lui aussi, très fruste; mais ayant ses emblèmes énigmatiques, ses renards blancs et ses bouquets de riz apportés en offrande. La cascade, le plus souvent cachée dans des fissures profondes, vous accompagne de sa grêle musique, tandis qu'on s'élève sous les ramures, par le sentier ardu ou par les marches usées.

Enfin le temple lui-même apparaît, en avant d'un rideau de grands arbres. Un assez petit temple, mais si étrange! Tout ouvert comme un hangar, très simple, ainsi que tous les sanctuaires de ce Dieu-là, et dépourvu d'aucune idole de forme humaine. Il est en bois, sans doute ancien, mais d'un âge indéfinissable, tant on l'a bien entretenu, tant sont soigneusement lavés ses panneaux et ses colonnes. Au milieu, descend du plafond comme un lustre un énorme grelot également en bois, sur quoi les fidèles frappent dès l'arrivée, et c'est pour que le Dieu, en train peut-être de flâner parmi les

nuages, soit averti qu'on est là, que l'on demande
audience. Alentour, les hommes ont arrangé
cette nature, déjà presque trop jolie par elle-
même, en quelque chose de plus joli encore,
de plus compliqué surtout, ajoutant des rocailles
aux rochers, créant des petits ruisseaux pour
y jeter des ponts. Les herbes très délicates, les
mousses, toute l'exquise flore sauvage d'ici,
apportent leur charme intime à ces arran-
gements qui ne seraient guère que prétentieux
chez nous. Par ailleurs, ce temple, ces objets
symboliques, déroutants de simplicité bizarre,
que l'on aperçoit au fond sur l'autel, imprègnent le jardin désert d'on ne sait quelle trans-
cendante et indicible japonerie. Et, au-dessus
de tout cela, se dresse la montagne avec ses
fourrés de verdure.

Juste en face du sanctuaire, une maison-de-
thé, gentille et vieillotte, se dissimule à moitié
dans les arbres ; on y accède par un arceau en
granit feutré de lichen, qui enjambe un torrent,
et près duquel, dans une vaste cage, deux
grues blanches à huppe rouge, de la grande
espèce, se tiennent immobiles : pensionnaires

sacrées du temple, il va sans dire, mais très mélancoliques captives.

La propriétaire de cette maison-de-thé, plutôt modeste et peu achalandée, s'appelle madame La Cigogne. Bien que cette dame compte sans doute une dizaine de printemps de moins que madame Prune, elle est d'une maturité incontestable, mais n'a point abdiqué encore, et j'arrive de jour en jour à me convaincre que le temps lui a laissé, à elle aussi, quelques attraits.

Sitôt qu'elle m'aperçoit, à l'orée du sentier vert, madame La Cigogne se prosterne et affecte une expression d'extase qui semble dire : « En croirai-je mes yeux ? Quelle faveur inespérée le ciel m'envoie ! » Je me fais un devoir de saluer fort civilement à mon tour, avant de prendre place sur les nattes blanches, devant la petite véranda enguirlandée de plantes qui s'étiolent à l'ombre de tant d'arbres, et où languissamment fleurissent quelques pâles roses d'hiver.

Madame La Cigogne, après de nouvelles révérences, me présente aussitôt la chatte de la maison, que j'honore de mon amitié, une certaine mademoiselle Sato, jeune personne de six mois, à fourrure grise, qui a conservé l'humeur folâtre de l'enfance. Ensuite, vient ma tasse de thé, sucrée toujours à point. Et·puis les bonbons que j'aime, et deux fines baguettes de bois pour les saisir. A part quelques pèlerins, qui viennent se restaurer ici, après des génuflexions, des exercices religieux trop prolongés dans le temple, je suis presque toujours le seul client de cette dame, ce qui favorise entre nous de longs tête-à-tête. Dans le sentier voisin, personne non plus, personne ne passe, si ce n'est de temps à autre quelques marchands d'eau, athlétiques et demi-nus qui redescendent, portant à l'épaule, au bout d'un bâton, des seaux en bois, remplis aux sources claires de la montagne. On n'entend d'autre bruit que celui des petites cascades perlées dégringolant sous les herbes; ou bien c'est, dans les branches, le remuement discret des oiseaux, attristés parce que le soleil de janvier reste incolore.

Le lieu est paisible, étrange et ignoré. On y respire la senteur des feuilles mortes et de la

terre humide. Malgré la présence enjouée de
cette dame, on s'imprègne ici, dans le silence,
de la japonerie spéciale qui émane du temple
aux lignes simples, et qui est une japonerie
haute et sereine. On sent comme des esprits,
des essences très inconnues, rôder sous les
futaies, dormir au fond des grosses pierres aux
têtes rondes. Et la tombée du soir vous apporte
dans ce recoin du Japon une petite terreur
charmante, dont on cherche en vain le sens in-
trouvable.

En quittant la maison-de-thé, je continue
souvent de suivre le sentier qui monte, jusqu'à
l'instant où il finit dans la brousse. Sur des
pierres moussues émergeant du sol, encore
deux ou trois de ces vieux temples pour poupée,
inquiétants à rencontrer malgré leur petitesse
de jouet d'enfant; mais les fougères, les racines
deviennent de plus en plus souveraines, dans
la nuit verte qui s'épaissit, et tout se perd
bientôt au fond des bois, où les boutons des
camélias sauvages, en retard sur ceux des
jardins d'en bas, commencent à peine à rougir...

Pour être tout à fait franc vis-à-vis de moi-
même, je suis forcé de m'avouer que me
voici un peu en coquetterie avec madame La
Cigogne...

XXII

Jeudi, 31 janvier.

Il semblait certain que notre grand cuirassé,
la guerre étant finie, allait reprendre la route
de France et qu'après des relâches en Indo-
Chine il nous ramènerait chez nous pour le
beau mois de juin. Il y avait bien la petite
tristesse de quitter bientôt ce navire, cette vie
de bord avec de bons camarades, cet amusant
pays, de voir finir à jamais toute cette période
très spéciale de l'existence; mais cela se noyait
pour nous dans la joie du retour.

Et voici qu'aujourd'hui le courrier de France
nous apporte un désolant contre-ordre : nous

resterons deux ans dans les mers de Chine!
Sitôt que les glaces fondront à l'entrée du
Peïho, force nous sera de rebrousser chemin
vers le Nord chinois, et de recommencer, sous
le mauvais soleil, le dur métier de l'automne
passé : pourvoir au rapatriement du corps expéditionnaire, rembarquer sur des transports, par
grosse mer probable, ces milliers d'hommes et
ce matériel que nous avions eu déjà tant de
peine à déposer sur la rive...

En une minute la nouvelle, entendue par
des matelots à travers la portière de brocart
rouge de l'amiral, a été propagée à voix de
confidence, presque silencieusement, parmi
l'équipage, semant la consternation du haut en
bas du *Redoutable*, — depuis les passerelles où
vivent, la longue-vue à la main, les timoniers
chargés d'épier le plus loin possible les choses
du dehors, jusque chez les pauvres garçons,
pâlis comme des mineurs, qui habitent et travaillent au-dessous de l'eau, entre des rouages
de fer, au milieu des entrailles cachées du
navire, dans l'obscurité et dans l'odeur des
huiles.

Deux ans, à errer sur les mers de Chine !
Tous, expédiés de France en coup de vent, à
l'annonce des affaires de Pékin, nous pensions
que la campagne durerait six mois à peine.
C'était volontairement que nous étions partis,
nous les officiers, mais non pas les matelots.
Forcés d'accepter, ceux-ci, leur destination imprévue, ils avaient laissé en suspens leurs
humbles petites affaires, — des mariages, des
baptêmes, des règlements d'intérêts, — d'ailleurs convaincus, comme nous, qu'on allait
bientôt revenir...

Mais voici maintenant que cela durera deux
années ! Et d'abord il va falloir passer tout un
été mortel sur les eaux chaudes et souillées de
l'embouchure du Petchili, être parqués là dans
une caisse de fer où l'on respire par des trous,
ne sortir de l'étouffante demeure que pour
peiner au milieu des lames, sous un ciel accablant ! Bientôt, c'est inévitable, reviendront les
dysenteries, les fièvres, et plus d'un sans doute
ira traîner ou mourir dans quelque hôpital de
la côte chinoise... Tel est l'ordre sans merci
qui nous arrive. Adieu le retour !

Pour réfléchir à ce changement de mes lendemains, et essayer de m'y soumettre, j'aurais
voulu m'en aller là-haut, sur l'exquise montagne des cimetières, mon lieu de méditation
préféré, et m'asseoir devant le soleil couchant.
Mais il tombe une petite pluie d'hiver très
froide, qui sent la neige. Faute de mieux, j'irai
dans la maison-de-thé où mes jouets habituels,
mes deux petites poupées à musique, entre les
murs de papier, me distrairont avec une guitare et des masques.

Jamais elle ne m'avait paru si mélancolique,
la salle vide et blanche, aux parois minces, où
je me trouve une heure après, les jambes
croisées sur un coussin de velours noir. Mademoiselle Matsuko, la guécha, qui ne prend plus
la peine de faire grande toilette en mon honneur,
arrive bientôt, modestement vêtue de crépon
gris perle, s'assied par terre, gentille et boudeuse, puis commence, d'un air résigné, à
gratter les cordes de son « chamecen » avec sa
spatule d'ivoire. Dans le silence, dans la lumière grise, déjà crépusculaire, une petite mu-

sique alors sautille et pleure, triste à faire
couler des larmes, étrange à donner le frisson,
— en attendant que paraisse l'autre, celle qui
est moitié fée et moitié chat, mademoiselle
Pluie-d'Avril avec sa traîne et ses révérences.

J'ai eu tort de venir ici; c'est plus triste que
ma chambre du *Redoutable*. Le son de cette guitare, on dirait le chant d'une sauterelle d'hiver,
enfermée dans une cage de papier, une sauterelle de pays très lointain, dont la maigre
voix évoquerait un monde inconnu; je l'entends
sans l'écouter, mais cela suffit à maintenir pour
moi cette notion d'exotisme extrême qui avive
ma nostalgie.

Alors, deux ans dans les mers de Chine!...
Il est fini, hélas! le temps où j'étais angoissé,
au cours des trop longues campagnes, par la
crainte de ne pas retrouver la figure vénérée
et chérie de Celle à qui depuis l'enfance on
rapporte toutes choses, de Celle que personne
au monde ne supplée... Cette crainte-là est aujourd'hui changée en une certitude, sur laquelle
même un peu de résignation a commencé de
venir. A ce point de vue-là donc, peu importe

à présent la durée de l'absence, puisque je ne
la retrouverai plus, à aucun de mes retours,
jamais... Pourtant, des liens profonds me
tiennent encore au foyer, — et d'ailleurs mes
années sont bien comptées, pour que je les
perde en exil...

Elle se lève, la guécha, qui visiblement
s'ennuie ; elle pose sa longue guitare et se met
à marcher, indolente et gracieuse, si légère que
le plancher ne semble même pas s'en apercevoir, — ce plancher mince qui gémissait tout
à l'heure sous le pas des servantes, lorsque la
dînette nous a été servie. Et, au moment où
s'est arrêtée sa musique monotone, je songeais
à certain vieux jardin qui est situé au-dessous
de nous, de l'autre côté de la terre, et qui, dans
mon enfance, représentait pour moi le monde.
A l'instant précis où la sauterelle de rêve a
cessé de chanter, c'est ce jardin-là que je revoyais, après avoir repassé tant de choses en
souvenir, ce jardin avec ses treilles, ses vieux
arbres, et surtout un grenadier planté jadis
par un aïeul, qui, à chaque mois de juin depuis
cent ans, sème en pluie ses pétales rouges sur

le sable d'une allée. Ce ne sera donc pas le printemps prochain que je reverrai cette jonchée de fleurs rouges, ni même le printemps d'après; ce ne sera peut-être jamais plus...

La guécha, d'une main distraite, entr'ouvre l'un des châssis de bois et de papier par où nous vient la pâle lumière : « Tiens, dit-elle, la neige! » Et vite elle referme le panneau transparent, qui a laissé pénétrer un souffle de glace dans la salle déjà si froide. La neige, j'ai eu le temps de l'apercevoir pendant cette seconde où le panneau s'est entr'ouvert : des flocons blancs qui tourbillonnent avec lenteur, dans un ciel mort, au-dessus d'un toit japonais aux petites tuiles rondes, d'un gris noirâtre.

Alors, non, ce n'est plus tenable, ici !...

Heureusement, voici la diversion nécessaire : des pas d'enfant dans l'escalier, des froufrous de soie; mon petit chat qui arrive !

Elle apparaît, cette petite mademoiselle Pluie-d'Avril, stupéfiante à son ordinaire, dans ses falbalas, mièvre et comme sans consistance, ainsi empaquetée dans ses étoffes à grands ramages. Elle est en dame d'autrefois et porte un immense éventail de cour. Elle salue, fait quelques pas, salue de nouveau, s'avance encore, et, tandis qu'elle se prosterne cette fois pour une solennelle révérence à la mode ancienne, une imperceptible expression de gaminerie plisse le coin de ses yeux retroussés, sa bouche s'entr'ouvre pour laisser passer le miaou d'un chat, — si bien imité, si imprévu que j'éclate de rire...

— Oh! — fait mademoiselle Matsuko, pointue, — voilà trois jours qu'elle préparait ça, pour distraire ta seigneurie. Avec son gros matou de monsieur Swong, elle prenait des répétitions...

Laisse dire, va, petite fée. C'était ce qu'il fallait; tu as réussi à amuser celui qui te paie pour ça, et il te remercie.

Maintenant, là-bas derrière toi, tourne, fais jaillir la lumière électrique, ce sera moins lugubre. Et puis commence quelqu'une de tes danses ou de tes scènes mimées, — celle, par exemple, du pêcheur endormi cent ans au fond de la mer; celle, tu sais, qui exige au dernier tableau un masque de vieillard tout blême avec une barbe comme des algues blanches.

Le soir, à bord, pendant que la neige tombe abondamment du ciel nocturne, je reçois la visite de quelques-uns de mes amis matelots, en quête de renseignements plus précis sur la consternante nouvelle et gardant un vague espoir que je la démentirai peut-être, que je les rassurerai un peu.

En dernier, m'arrive une sorte de géant breton, aux jolis yeux de douceur triste profondément enfoncés sous un front large et têtu. Il allait se marier dans un mois, celui-là, quand le navire, qui semblait destiné à un long séjour en France, a reçu l'ordre imprévu de faire campagne en Chine. A l'annonce du retour, il avait employé ses économies à acheter une pièce de crépon blanc pour la robe de noces, et différents bibelots japonais afin d'orner le logis. Mais maintenant, au milieu de sa consternation enfantine, un des points qui le tourmentent le plus, c'est la crainte que tout cela ne se gâte, pendant deux années, dans le faux-

pont humide, et il me demande timidement si
je ne pourrais pas loger la caisse, sans que
ça me gêne trop, dans un coin de ma chambre.

Comment lui refuser cette consolation-là ?
Certainement, bien que je sois déjà encombré
à ne savoir que devenir, je donnerai l'hospi-
talité à la gentille pièce de soie blanche et aux
modestes cadeaux de mariage.

XXIII

1ᵉʳ février.

Cédant aux larmes de madame Prune, j'étais
retourné hier à la police nipponne, pour repré-
senter à messieurs les agents qu'il ne s'agissait
point d'une migration, mais d'une simple visite
de courtoisie, et qu'au bout d'une heure ou
deux nous rendrions toutes ces dames intactes
à leurs foyers. On s'était donc excusé de l'offen-
sante méprise, et aujourd'hui nous avons eu
la joie de recevoir nos visiteuses, sous un soleil
printanier.

Deux sampans, qui semblaient transformés
en des barques cythéréennes, toutes de séduc-

tion et de grâce, nous les ont amenées au coup de trois heures, pour prendre le thé.

Madame Renoncule cependant, en mère prudente, avait préféré cette fois ne pas amener ses filles; mais nous avions madame Prune, entourée d'un essaim de jeunes guéchas. Une douce gaîté, du meilleur aloi, n'a cessé de régner pendant toute la visite de ces dames. Elles avaient fait des toilettes extrêmement galantes, et en particulier le chignon de madame Prune, amplifié à souhait par d'habiles posticheurs, restera dans toutes les mémoires. Pour donner plus de piquant à cette réunion, mes camarades s'étaient procuré quelques-unes de ces sucreries japonaises, composées avec tant d'esprit, — allégoriques, pourrait-on dire, — qui représentent tantôt des objets usuels, tantôt les fragments les plus divers de l'organisme humain; ils les avaient spécialement choisies, bien entendu, pour la principale invitée, et d'ailleurs avec autant de finesse que de tact et de discrétion...

XXIV

Donc, nous restons ici jusqu'au printemps, c'est-à-dire environ deux mois encore, car il faudra sans doute le soleil d'avril pour fondre ces glaces, là-bas, qui nous ferment la sinistre entrée du Peïho.

Et il ne s'annonce guère, le printemps de cette année, même dans la baie si close, si défendue contre les vents de Nord, où notre navire s'abrite.

Au contraire nous sommes plus que jamais en pleine saison de bourrasques et de neiges. Or, tout ce Japon, amusant par le soleil, devient

pitoyable, dès qu'il est boueux, ruisselant et
transi. Du reste, on meurt comme mouche, à
Nagasaki dans ce moment ; entre deux grains,
dès que le soleil d'hiver se montre, les gracieux
cortèges de messieurs les morts et de mesdames les mortes se hâtent vers la nécropole
de la montagne ; on en trouve parfois deux,
trois ensemble, qui s'abordent nez à nez à un
carrefour, échangent de suprêmes politesses,
font à qui ne passera pas devant l'autre, entra-
vent la circulation et arrêtent par douzaines les
pousse-pousse crottés. En tête, marchent toujours quelques bonzes en bonnet archaïque,
robe sombre et surplis d'ancien brocart d'or.
Ensuite le héros du défilé, le mort lui-même,
réduit à sa plus simple expression, porté à
l'épaule dans la toujours pareille petite châsse
de fine menuiserie blanche. A l'épaule également, plusieurs vases en bois d'où s'échappent,
pour dominer la foule, de fantastiques plantes
artificielles : lotus gigantesques à pétales d'argent, érables du Japon à feuilles rouges, cerisiers
ou pêchers tout en fleurs. Puis, la théorie des
dames ou mousmés vêtues de deuil, en blanc

de la tête aux pieds. Et enfin, la partie haute-
ment comique du convoi, les hommes en robes
de soie et chapeaux melons ; quelques redin-
gotes ; beaucoup de lunettes, et surtout de
lunettes bleues, toujours instables sur ces
visages trop plats. Quand survient une averse,
les parapluies s'ouvrent, d'affreux parapluies
de chez nous, et çà et là quelques autres du
Japon, en papier gommé avec des peinturlures, des fleurs et des cigognes envolées, dans
cette note plus gaie qu'affectionne encore madame Prune pour le sien.

Vers les pagodes et la montagne, tout cela se
dirige ; par les sentiers mouillés et glissants,
tout cela grimpe, au milieu des vieilles tombes
charmantes en rangs déjà pressés.

C'est de la poitrine surtout que meurent ces
pauvres petits bonshommes ; les paysans même,
ces paysans japonais si râblés, aux courtes tailles
si bien prises, aux membres d'athlète, s'en vont
de ce mal-là, depuis que l'américanisme les
oblige à s'habiller, au lieu de vivre nus comme
les ancêtres.

XXV

Encore la neige, le ciel bas et plombé. Ce soir, sur la colline de la concession européenne où je fréquente peu, j'ai cheminé par une route saupoudrée de blanc, et d'ailleurs bien entretenue, bien droite, bordée de consulats ; on se serait cru en Europe, à la tombée d'une nuit d'hiver, sans les quelques mousmés drôlement emmitouflées que l'on rencontrait de temps à autre, et qui ramenaient la notion du lieu lointain.

J'allais à l'hôpital russe, faire visite à un officier d'un régiment de Grodno, blessé vers

Moukden. Auprès de son lit veillait un jeune homme en tenue de malade, avec lequel j'ai causé d'abord sans présentation : un autre officier évidemment, d'allure élégante, au fin visage très français, et parlant notre langue avec un imperceptible accent espagnol. C'était dom Jaime de Bourbon, fils de dom Carlos, et prétendant carliste au trône d'Espagne. Engagé dans l'armée russe, il avait demandé d'aller en Extrême-Orient, pour guerroyer, par humeur française, et maintenant il était là, convalescent d'un typhus grave pris en Mandchourie.

XXVI

Chez ces marchands de bric-à-brac, qui pullulent chaque jour davantage à Nagasaki, les plus étranges objets voisinent entre eux, éclos parfois à mille ans d'intervalle, mais rapprochés là sur des étagères proprettes, bien époussetés et à peine ternis par la cendre des siècles.

Quantité de débris du palais impérial de Pékin, pris et revendus par des soldats, sont aussi venus s'échouer dans ces boutiques : des bronzes, des jades, des porcelaines. Et les marchands, rien que par le prix qu'ils en

demandent, rien que par leur ton respectueux
pour dire : cela vient de Chine, rendent tous
un hommage involontaire à l'art de ce pays, —
cet art typique et primordial, d'où l'art japonais dérive, comme une branchette particulièrement gracieuse, mais frêle et de nuance
pâlie, qui aurait jailli d'un grand arbre exu-
bérant. A la profusion et à la magnificence de
leurs maîtres chinois, ces petits insulaires d'en
face ont substitué la simplicité élégante et la
précision minutieuse ; à la franche gaîté des
couleurs, à l'éclat des verts accouplés aux
roses, les nuances estompées, dégradées et
comme fuyantes. Et enfin, pour les palais et
les temples, au lieu de ce perpétuel flamboie-
ment des ors rouges, qui devient une obsession
d'un bout à l'autre de la Chine, ils ont adopté
les laques noirs polis comme des glaces, les
boiseries incolores finement ajustées comme
les pièces d'une horloge, et les panneaux d'impeccable papier blanc.

Parmi tant de surprenantes boutiques, celles
qui donnent le plus à réfléchir sont pour moi,
dans une rue que les étrangers connaissent à

peine, ces espèces de hangars poussiéreux, où
s'entassent les vieilles armes, les vieilles cui-
rasses, les vieux visages d'acier, tout l'attirail
pour faire peur qui servait aux anciennes
batailles, et les fanions des Samouraïs, leurs
emblèmes de ralliement, leurs étendards. Sur
des fantômes de mannequins qui ne tiennent
plus debout, posent des armures squameuses,
des moitiés de figures poilues, des masques
ricanant la mort. Un fouillis d'objets ultra-
méchants, qui pour nous ne ressemblent à
rien de connu, tellement qu'on les croirait
tombés de quelque planète à peine voisine.
Ce Japon à demi fantastique, soudainement
écroulé après des millénaires de durée, gît là
pêle-mêle et continue de dégager un vague
effroi. Ainsi, les pères, ou les grands-pères
tout au plus, de ces petits soldats d'aujour-
d'hui, si drôlement corrects dans leurs uni-
formes d'Occident, se déguisaient encore en
monstres de rêve, il y a cinquante ans à peine,
lorsqu'il s'agissait d'aller se battre ; ils met-
taient ces cornes, ces crêtes, ces antennes ; ils
ressemblaient à des scarabées, des hippocam-

pes, des chimères; par les trous de ces masques à grimace, luisaient leurs yeux obliques et sortaient leurs cris de fureur ou d'agonie... Et c'est dans les vallées ou les champs de ce gentil pays vert qu'avaient lieu ces scènes uniques au monde : les rencontres et les corps à corps d'armées rivales, vêtues avec cet art démoniaque, alors que les longs sabres si coupants, tenus à deux mains au bout de bras musculeux et courts, décrivaient leurs moulinets en l'air; puis faisaient partout des entailles saignantes, fauchaient ensemble les casques cornus et les figures masquées.

Quel que soit le changement radical survenu de nos jours dans les costumes et les armes, à l'instar d'Europe, un peuple qui, hier encore, a rêvé et confectionné de tels épouvantails, doit garder de la guerre une conception horrible, cruelle et sans merci.

XXVII

Deux mois de Japon déjà, et Nagasaki m'est redevenu familier comme si je n'avais pas cessé d'y vivre. Entre ce séjour et le premier, des liens se nouent de plus en plus, qui jettent parfois comme dans un recul de second plan les quinze années d'intervalle. Mes camarades d'exil se japonisent aussi de jour en jour, sans s'en apercevoir. On s'habitue à l'enserrement de ces montagnes et aux dentelures de leurs cimes ; on ne trouve plus leurs pointes si singulières ni si « japonaises ». On s'habitue à ces bois suspendus alentour, à ces nappes de

verdure jetées sur toutes les pentes, depuis le
ciel jusqu'à la mer, à tout ce site presque trop
joli que les brumes roses des matins de février déforment et compliquent souvent jusqu'à
la plus charmante invraisemblance. On circule
comme chez soi au milieu de cette ville, parmi
cet amas de maisonnettes de bois et de papier,
aussi drôles que des jouets d'enfant. On cueille,
de-ci de-là, en passant dans les rues, les sourires et les révérences d'une quantité de mousmés qui vous connaissent; on a des amis et
des amies chez tout ce petit monde, à l'abord
accueillant et facile, — à l'âme fermée, exclu-
sive, vaniteuse et ennemie.

Et rien encore n'indique le printemps, qui
nous fera quitter ce pays pour nous envoyer
à la peine, sur les côtes de cette grande Chine
funèbre...

J'ai vraiment commis une erreur, il y a
quinze ans, en n'épousant pas plutôt madame
Renoncule ma belle-mère. Chaque jour aug-
mente mon regret de l'avoir ainsi méconnue.
Elle-même, si je ne m'abuse, le déplore secrè-
tement, et, aujourd'hui que l'irréparable est

accompli entre nous, ne se lasse point de me traiter en gendre, pour maintenir au moins ce lien-là, faute de mieux.

Par ces froides pluies d'hiver, je passe chez elle des heures nostalgiques à entendre pleurer sa longue guitare, dans le silence de sa maison, dans l'éternel crépuscule de ses châssis de papier, devant ses rocailles verdies à l'ombre, ses arbres nains qui n'ont pas dû grandir depuis un siècle, son jardin de vieille poupée, où tombe un jour gris, entre des murs... Oh ! ce jardin de ma belle-mère, dont le seul aspect autrefois me donnait déjà le spleen au soleil d'août, qui dira sa mélancolie, sous le pâle éclairage de février !... Du fond de la pièce, où l'on est assis plus en pénombre, à écouter la petite musique de mystère échappée des cordes grêles, on aperçoit par la baie de la véranda une sorte de site sauvage qui dès le premier coup d'œil vous déroute par quelque chose de pas au point, de pas naturel. Sont-ce de véritables vieux arbres, sur des rochers, un véritable lointain agreste vu à travers une lunette faussant les perspectives ? Cependant

on dirait bien que cela est tout petit et tout
près. Plutôt ne serait-ce pas un décor roman-
tique, découpé et peint pour théâtre de ma-
rionnettes, sur lequel un réflecteur laisserait
tomber de la lumière verdâtre? Pas un coin
du vrai ciel ne se découvre au-dessus de
ce paysage enclos ; mais le mur du fond, tout
en grisailles estompées, à mesure que le jour
baisse, finit par n'avoir plus l'air d'un mur ;
il joue les nuages lourds, les nuages en linceul, amoncelés au-dessus d'un monde étiolé
par la vétusté et qui aurait perdu son soleil.

Tous les jardins de Nagasaki ne portent pas
au spleen comme celui-là ; mais tous sont de
patientes réductions de la nature, arbres nains,
longuement torturés, et montagnes naines,
avec des temples d'un pied de haut qui ont
l'air centenaire. Comment concilier, dans
l'âme japonaise, cette prédilection atavique
pour tout ce qui est minuscule, mièvre, pré-
tentieusement gentil, comment concilier cela
avec ce goût transcendant de l'horrible, cette
conception diabolique de la bataille qui a
engendré les masques et les cornes des combat-

tants, toutes les effrayantes figures des divinités et des guerriers? Et comment faire marcher
de pair cet excès de politesse, de saluts et de
sourires, avec la morgue nationale et la haine
orgueilleuse contre l'étranger?...

Les petits thés de cinq heures chez ma belle-
mère sont très courus et très sélects. Pendant
que le chant de la guitare si tristement sautille,
ou gémit à fendre l'âme, de cérémonieuses
voisines arrivent sur la pointe du pied, des
mousmés fragiles comme des statuettes de porcelaine; sans bruit elles s'accroupissent à côté
de mes jeunes belles-sœurs, pour écouter la
musique ou accepter une sucrerie, qu'elles
cueillent du bout de leurs bâtonnets. Leurs
yeux en amande oblique, si bridés qu'on aurait
envie de les fendre d'un coup de canif à chaque
coin, ressemblent à ceux des chattes lorsqu'elles
ferment à demi leurs paupières par noncha-
lante câlinerie. Leurs beaux chignons apprêtés
et reluisants font leurs têtes trop grosses sur
les cous minces, sur les délicates épaules...
Et c'est là l'étrange petit monde qui médite de
s'attaquer férocement à l'immense Russie; les

maris, les frères de ces bibelots de Saxe veulent
affronter les armées du tsar!... On n'en revient
pas de tant de confiance et d'audace, surtout
lorsque dans la rue on voit ces soldats, ces
matelots japonais, tout proprets et tout petits,
imberbes figures de bébé jaune, passer à côté
des lourds et solides garçons blonds qui com-
posent les équipages russes.

Entre chien et loup, devant les tasses de fine
porcelaine bleue et les plateaux en miniature,
ce petit monde reste assis par terre, immobile
à cause de la guitare qui l'enchante et hypno-
tisé par le paysage artificiel, de plus en plus
éteint, sur lequel souvent un peu de neige
tombe, — de la neige vraie, dont les flocons
paraissent trop grands pour les arbres qui les
reçoivent. Madame Renoncule, la notable guécha d'autrefois, retrouve pendant ces heures
grises son pouvoir et son charme. Comme il
arrivait à madame Chrsyanthème sa fille, un
changement se fait dans sa figure, qui s'enno-
blit; ses yeux ne sont plus ni puérils ni bridés;
ils reflètent d'insondables rêveries de race
jaune, où l'on devine de l'énergie farouche et

qui bouleversent vos appréciations d'avant sur ce peuple rieur.

J'ai subi jadis un commencement d'initiation à cette musique lointaine qui, les premières fois, ne me semblait qu'une débauche de sons incohérents et discords; de soir en soir, elle me pénètre davantage; presque autant que la nôtre, elle me fait frissonner, d'un frisson plus incompréhensible, il est vrai; quand cette femme, aux yeux tout changés, agite fiévreusement sur les cordes la spatule d'ivoire, on dirait que l'ombre des mythes religieux, mal enfermés dans les temples voisins, vient rôder alentour, derrière ces vieux châssis de papier, qui nous font alors des murailles plus assez sûres : dans l'antique maisonnette, toujours plus enveloppée de crépuscule et d'hiver, on sent passer des effrois d'un ordre inconnu... Il y a aussi des instants où la mélodie descend aux notes de basse extrême, devient soudainement rauque, sauvage, et si primitive qu'elle a dû être transmise jusqu'à nous, comme tant d'autres choses nipponnes, par les arrière-ancêtres, établis dans ces îles au commencement des âges. Quand enfin

les ténèbres arrivent pour tout de bon, quand
il n'y a plus qu'un reste de lueur blême, à la
cime des arbres nains, pour nous indiquer
encore le faux paysage, voici que la guécha
vieillie, qui ne veut pas qu'on allume de lampe,
est prise de fatigue, de torpeur. La guitare,
que les dames assises continuent d'écouter dans
l'obscurité, ne rend plus que des petites plaintes
sourdes, entrecoupées, des notes intermittentes,
ou qui vont deux par deux, trois par trois, en
groupes s'espaçant. La guitare mourante cesse
d'évoquer les mythes invisibles, cesse d'émouvoir, de faire peur ; tout simplement elle dis-
tille de la tristesse, de la tristesse sans nom,
qui tombe sur nous comme la pluie lente d'un
ciel mort ; à moi, elle dit l'exil, les deux années
de Chine en avant de ma route, la fuite de la
jeunesse et des jours ; surtout elle me fait
sentir jusqu'à l'angoisse l'isolement de mon
âme de Français au milieu de ces légions
d'âmes japonaises, étrangères, hostiles, qui
m'enserrent dans ce quartier éloigné, au pied
des pagodes et des sépultures, à présent que
la nuit vient.

Et c'est l'heure où j'ai envie de m'en aller. C'est l'heure où je sens une hâte presque enfantine de prendre ma course à travers les ruelles boueuses, où tant de lanternes baroques, tourmentées par le vent de neige, font miroiter les flaques d'eau ; d'atteindre au plus vite, là-bas, les quais déserts ; de me jeter dans un canot, qui pourtant sera secoué, dans le noir, par mille petites lames méchantes, — d'arriver enfin dans cette sorte d'îlot blindé, dans ce navire qui est un coin de France, et où je reverrai les bons visages de chez nous avec leurs yeux droits et bien ouverts.

XXVII

Entre autres charmes contre lesquels la main du temps est restée si impuissante, madame Prune possède sans conteste celui de la nuque, de la tombée des épaules et de la chute du dos. Elle est vraiment de celles qui gagnent à être vues par derrière, depuis surtout que les coques de sa chevelure ont repris, à mon intention peut-être, une ampleur qu'elles n'avaient plus.

Dans un des quatre ou cinq grands théâtres de la ville, j'avais été conduit ce soir par un vague pressentiment sans doute de la bonne fortune qui m'y attendait; c'était un théâtre

du genre léger, et déjà la salle se trouvait
comble, à cause des représentations d'un
comique à la mode, spécialiste incomparable
pour jouer les maris frappés d'infortunes. On
m'avait cependant fait place d'assez bonne
grâce, malgré l'attitude de plus en plus arro-
gante qu'affectent les Nippons d'aujourd'hui
vis-à-vis des étrangers, et je m'étais installé
au milieu du parterre, dans les rangs compacts
de la foule assise à même le plancher.

Jamais aucune décoration intérieure, dans
ces théâtres, du bois brut, des poutres à peine
équarries soutenant les tribunes et le plafond ;
une simplicité d'étable. Mais l'assistance m'avait
semblé dès l'abord assez choisie ; on ne voyait
partout que des chignons très soignés, luisants
et comme vernis. Fort peu de vestons : les
spectateurs des deux sexes étaient vêtus presque
tous de robes dans ces bleus foncés ou ces
grisailles qui sont ici les nuances les mieux
portées. (Contrairement à ce que l'on imagine
chez nous, rien n'est plus sévère de couleur
qu'une foule japonaise, le soir, sauf en des
circonstances particulières de fête ou de pèle-

rinage.) Chaque famille gardait auprès de soi
une petite boîte à fumer, avec des braises dans
un léger réchaud, et un récipient de forme
gracieuse où l'on secouait en commun les
cendres des pipes minuscules. Il y avait aussi
quantité de bébés, de nourrissons endormis
que les jeunes mamans tenaient sur leurs
genoux, et ils étaient si petits, si menus,
enfants de créatures menues, et si jolis, si
drôles, qu'on eût dit ces poupées du Japon,
répandues aujourd'hui dans tous nos bazars
d'Occident.

Deux dames accroupies devant moi, et qui
partageaient la même boîte à fumer, avaient
soudain captivé mon attention. Du premier
coup d'œil, je les avais jugées du meilleur
monde ; beaucoup de dignité dans le maintien,
et des robes de soie bleu marine, ce qui est
par excellence la couleur comme il faut. De
plus, l'une d'elles, dans les épaules et dans
la nuque, avait pour moi comme une grâce
déjà vue.

La comédie se déroulait, au milieu des rires
encore contenus et discrets : un ingénieux

imbroglio dans le goût de Regnard ; une suc-
cession d'irréparables malheurs, arrivant à un
pauvre époux qui passait son temps, un bougeoir en main, à chercher dans tous les recoins
de sa maison des ravisseurs toujours introu-
vables. (Il est étonnant de constater qu'en
aucun pays du monde ce genre d'infortune
n'éveille les sérieuses sympathies qu'il mérite.)
Tandis que les autres acteurs évoluaient et
marchaient comme tout le monde, ce mari
d'une si coupable épouse, tenant sa continuelle
bougie allumée, sautillait perpétuellement à
. petits pas, sur la cadence gaie d'un air toujours le même, que l'orchestre entonnait dès
qu'il entrait en scène.

Ces deux dames toutefois ne se retournaient
point. Mais, tout à coup, celle qui avait la nuque
si captivante se mit à secouer sa petite pipe
contre le rebord de sa boîte, d'une main rapide
et nerveuse : pan pan pan pan ! Et ce bruit,
qu'une oreille inattentive eût confondu avec
les innombrables pan pan pan pan des autres
fumeurs de la salle, avait pour moi quelque
chose d'unique, de déjà entendu mille fois,

jadis, durant des nuits d'été et de languides journées. Cette voisine d'en face me troublait donc de plus en plus... Alors, pour en avoir le cœur net, je me risquai à lui chatouiller légèrement l'épine dorsale du bout d'un éventail, une de ces familiarités anodines qui, au Japon et avec une femme bien élevée, ne sauraient jamais être mal prises...

Je ne m'étais pas trompé : c'était bien madame Prune !

Sa compagne était madame Renoncule, ma belle-mère. Et, me rendant à leurs aimables instances, je m'avançai d'un rang, pour m'asseoir entre elles deux.

La comédie continua, au milieu d'une hilarité croissante, mais toujours de bon ton. Le principal comique avait des jeux de physionomie qui étaient vraiment du grand art, chaque fois qu'il flairait dans son ménage un malheur nouveau. Je regardais souvent, derrière moi, toute cette foule accroupie, en vêtements sombres. Sous l'ébène des chevelures aux coques luisantes, tous ces visages de mousmés, bien ronds et bien pâlots, qui en temps normal

n'ont que des yeux à peine ouverts, semblaient
n'en avoir plus du tout ce soir, convulsés qu'ils
étaient par le rire; et les innombrables bébés,
plus petits et plus jolis que nature, dans les
bras des mamans, continuaient leur sommeil
de poupée.

Ma belle-mère, qui est au fond une créature
sans détours, n'ayant eu d'autre objectif dans
l'existence que de donner le plus possible de
citoyens et de citoyennes à la patrie, s'amusait
franchement, sans toutefois le laisser paraître
plus qu'il n'était convenable. Madame Prune,
au contraire, qui, dans sa première jeunesse,
on peut bien le dire sans offense, a plutôt ma-
rivaudé comme les dames en scène, a plutôt
baguenaudé sur la question si sérieuse du peu-
plement de l'empire, madame Prune semblait
mélancolique et pincée. Ce spectacle évidemment était mal choisi pour elle, nous ne le
comprîmes que trop tard, madame Renoncule
et moi; elle pouvait y trouver des allusions
gênantes; de plus, veuve depuis peu de temps
en somme, sans doute souffrait-elle, dans son
culte pour la mémoire du regretté M. Sucre

de voir le principal personnage de la comédie soulever cette inexplicable joie dans le public.

L'époux malheureux, à la fin, las de ne jamais trouver le coupable sur la scène, fit irruption dans la salle, toujours son bougeoir à la main, toujours sautillant sur la même petite ritournelle d'orchestre, et se mit à regarder sous le nez, avec un air de soupçon farouche, tous les spectateurs mâles assis au parterre. Alors cela devint des pâmoisons, du délire. Et toutes les petites poupées, que cela dérangeait, commencèrent de se plaindre, en roulant leurs yeux de jais noir.

Seule, madame Prune demeurait guindée, et n'épargnait point ses critiques à la pièce : ça n'était pas pris sur le vif, pas vécu ; et puis, voyons, est-ce que M. Sucre, — qui reste à ses yeux l'idéal du genre, — est-ce que jamais M. Sucre aurait eu l'idée d'aller chercher comme ça, partout, avec une lanterne ?...

XXIX

La neige, encore la neige, qui ne reste pas
longtemps sur la terre, il est vrai, mais qui
chaque jour, pour quelques heures, suffit à
teinter de blanc les arbres, les maisons, les
pagodes.

Ce soir, à la nuit tombante, dans la concession européenne, à cent mètres de haut, je che-
minais sur une belle route qui était blanche,
qui était « poudrée à frimas » comme tous les
objets alentour. On voyait de différents côtés
se déployer les lointains des montagnes, les
lointains de la mer chargée de navires de

combat. Pas un souffle; l'atmosphère à peine froide, tant elle était immobile. Un ciel bas et plombé; les montagnes aussi, plombées; toutes les choses terrestres, figées sous les nuances de plomb et d'encre que donne le voisinage trop éclatant de la neige. Derrière moi cette ville, en voie d'étonnante transformation, allumait ses lanternes anciennes à côté de ses lampes électriques. Sur la rade, pareille à une grande glace incolore, les navires, posés comme des insectes noirs, allumaient leurs feux pour la nuit; ils étaient immobiles, comme l'air et comme tout, mais cela semblait une immobilité d'attente, on eût dit qu'ils se recueillaient pour des événements prochains et des batailles; tant de cuirassés, réunis en Extrême-Orient, tant de croiseurs, de torpilleurs appartenant à toutes les nations d'Europe, donnaient ce soir, au milieu de cet immense calme réfléchi, le pressentiment que l'histoire du monde approchait de quelque tournant grave et décisif...

Cette route solitaire me conduisait à l'hôpital russe, où j'allais prendre don Jaime de Bourbon, et nous devions retourner ensemble, dans

la ville de bois de cèdre et de papier de riz,
pour un petit dîner japonais intime, avec
musiques de guéchas et danses de maïkos,
auquel Son Altesse avait bien voulu me convier.

Après que j'ai eu dit à ce prince, dès notre
seconde entrevue, combien je suis peu carliste,
je me suis trouvé libre de lui témoigner la
vraie sympathie à laquelle il a droit en ce
moment de notre part à tous. C'est, en somme,
un Français ; l'autre jour à bord, quand il
était venu si simplement s'asseoir à notre table
de marins en campagne, aucun de nous n'avait
l'impression qu'il pouvait être un étranger.
De plus, il est en ce moment un Français égaré
comme moi en pays Jaune, et un qui a risqué
par goût sa vie au feu, un qui a bravé aussi
le typhus chinois dont il a failli mourir.

Une heure après, dans un « cabinet particulier » de la Maison du Phénix (très recom-
mandée pour les soupers fins de bonne compagnie), nous avions pris place par terre, don
Jaime, deux autres invités et moi, déchaussés
tous, jambes croisées sur les éternels coussins
de velours noir, et aussitôt les éternelles petites

servantes, cassées en deux par des saluts sans
fin, étaient venues poser devant nous, sur des
trépieds de laque, des bols adorables, légers
comme des coquilles d'œuf, et contenant une
soupe au lichen et aux algues, la valeur de
deux ou trois cuillerées environ. Ce cabinet
particulier était, comme dans tous les établis-
sements d'un réel bon ton, une vaste pièce vide
et blanche, aux nattes immaculées, aux parois
démontables en papier tout uni ; pas un siège,
pas un meuble, rien ; seulement, dans une
niche de mur, aussi blanche que la salle
entière, un bizarre et grêle bouquet, d'un
mètre de haut, s'échappant d'un vase précieux
en bronze antique, deux ou trois longues
branches, pas plus, de je ne sais quelles rares
fleurs d'hiver, arrangées avec une adresse et
une grâce qui ne se retrouvent qu'au Japon.

On gelait, au début de ce repas ; chacun
essayait de s'asseoir sur ses propres bouts de
pieds, ou de se les frotter avec les mains, pour
éviter l'onglée. Peu à peu cependant, les petits
réchauds en bronze, ornés de chimères, que
les mousmés nous avaient apportés, remplis de

braises odorantes, ont commencé de répandre
un peu de chaleur, tout en alourdissant beaucoup nos têtes, dans l'enfermement toujours si
hermétique produit par les châssis de papier.
A bâtons rompus, nous causions de mille
choses, assis sur nos coussins d'un noir funéraire : du pays Basque, de Madrid, de la Cour
d'Espagne, même de l'histoire de France, et
je ne sais comment de la Révocation de l'édit
de Nantes. — « Tiens, c'est vrai, m'a dit tout
à coup le prince en riant, ma famille dans ce
temps-là a dû bien tourmenter la vôtre ! »
— Plutôt oui, en effet. Mais, éternel revire-
ment des destinées humaines : ce petit-fils de
Louis XIV et ce petit-fils d'obscurs huguenots,
que le roi Soleil avait dédaigneusement persé-
cutés, réunis là côte à côte, à faire la dînette
élégante, au Japon, dans une maison-de-
thé...

Nous attendions les guéchas, commandées
pour le dessert. On en était au *saki*, la liqueur
de riz apportée bouillante dans de très délicates
buires de porcelaines à long col. Son Altesse
m'avait annoncé une merveille de petite dan-

seuse, dont il n'avait pas retenu le nom, étant
convalescent depuis peu de jours et encore
novice en japonerie. « Elle est pétrie d'esprit,
m'avait-il déclaré ; chacun de ses gestes est
spirituel. » Et cela m'avait paru beaucoup
ressembler à mademoiselle Pluie-d'Avril, cette
définition-là.

On entendit enfin dans l'escalier leurs froufrous de soie et leurs rires enfantins.

Elles firent leur entrée, et tombèrent à
genoux, leur nez plat contre le plancher.
Quatre petites créatures, dans des toilettes
ahurissantes ; deux musiciennes et deux balle-
rines. Et le premier sujet, l'étoile, j'avais
deviné juste, c'était mademoiselle Pluie-d'Avril,
le jeune chat habillé, le joujou favori de mes
mauvaises heures.

L'autre danseuse, une fluette de douze ans à
peine, fraîchement émoulue du Conservatoire,
s'appelait mademoiselle Jardin-Fleuri ; son nez
en bec d'aigle, son petit nez de rien du tout,
perdu au milieu de sa figure poudrée à blanc,
ses yeux comme deux petites fentes obliques
incapables de s'ouvrir, et ses sourcils minces

juchés au milieu du front, réalisaient ce type
idéal de la beauté japonaise, très rare dans
la nature, mais divulgué chez nous par les
images. Celle-ci jouait surtout les dames nobles,
ancien régime, et portait une robe du vieux
temps.

Elles dansèrent, un peu dans le lointain, et
dans la vague fumée de braises endormeuses;
elles mimèrent d'anciennes légendes, sous des
masques risibles ou effroyables, au rythme des
guitares et des chansons tristes. Nous ne par-
lions plus guère, fascinés doucement par le jeu
de ces petites prêtresses de la danse, par le
groupe éclatant et irréel qu'elles formaient là,
dans la blancheur vide de cette salle trop
grande.

A la longue pourtant le froid revint, accompagné d'un peu de lassitude et d'ennui; on
recommençait à se frotter les doigts de pieds,
ou à les garantir de son mieux sous le velours
des coussins noirs; on s'endormait peut-être.
Le prince proposa de lever la séance et de
remonter en pousse-pousse.

Dehors, il neigeait, une neige pas bien

méchante, des flocons lents, qui avaient l'air
de voltiger plutôt que de tomber.

Pour rentrer chez nous, il fallait traverser
un quartier très spécial, qui se retrouve dans
toutes les villes japonaises et s'appelle toujours
le Yochivara.

A Nagasaki, le Yochivara est une longue rue,
en pente si roide que les pousse-pousse risquent
de s'y emballer, pour descendre. D'ailleurs une
longue rue; des deux côtés et d'un bout à
l'autre, rien que des maisons très accueillantes,
aux portes grandes ouvertes, aux vestibules fort
galamment éclairés de lanternes peintes. Dans
l'une quelconque de ces demeures, si l'on jette
les yeux, on est toujours sûr d'apercevoir dès
l'abord, à travers un léger grillage en bois, un
salon d'apparence comme il faut, orné de délicates peintures murales représentant des fleurs,
ou des vols de grues dans des ciels de nuance
tendre; là, quelques jeunes personnes aux yeux
baissés, accroupies en cercle sur des nattes,
devisent à voix basse ou fument innocemment
des petites pipes, dont elles secouent de temps
à autre la cendre, avec autant de grâce que de

précaution, dans une gentille boîte à cet usage,
en faisant pan pan pan pan sur le rebord.
Toutes les maisons de cette aimable rue se ressemblent, par la disposition intérieure, comme
par l'aspect si cordialement hospitalier. Toutes,
excepté une seule, une immense et somptueuse,
qui perche au sommet de la montée, pour
couronner, dirait-on, le sympathique ensemble ;
celle-là reste close, ou n'entr'ouvre sa porte
qu'avec circonspection extrême. (Assez intri-
gante, cette vaste maison d'en haut, qui fait
mine de n'en être pas, et qui a pourtant bien
l'air d'en être... Que diable peut-il se passer
là dedans ?...)

Le Yochivara est, bien entendu, le quartier
où l'animation et la douce gaîté extérieures
se prolongent le plus tard dans la nuit, en ce
moment surtout, car nombre de marins étrangers, qui hivernent à Nagasaki, ont regardé
comme un agréable devoir de se faire présenter
à ces jeunes dames. A l'heure où nous passons
(onze heures du soir à peu près), la fête quotidienne bat son plein, malgré cette neige vraiment anodine, qui nous fait plutôt l'effet de

s'amuser, elle aussi. Des messieurs japonais circulent en foule, vêtus de robes de soie ou de petits complets charmants, coiffés, qui d'un melon, qui d'un fashionable canotier, et presque tous, abritant leur vue délicate sous des lunettes bleues, que de solides mais à peine visibles crochets maintiennent derrière les oreilles. Beaucoup de matelots aussi, faisant leurs visites en pousse-pousse, groupés par nation et circulant à la file : cortège de Russes, cortège d'Allemands, etc.; même, — j'ai le regret de le constater, — ils manifestent leur joie d'une manière trop bruyante peut-être, qui risque de n'être pas appréciée dans ces milieux si courtois, et de jeter un discrédit sur nos éducations occidentales.

Maintenant voici, je crois, un cortège de Français qui s'avance ! Une douzaine de permissionnaires du *Redoutable*, leurs pousse-pousse alignés comme à l'école de peloton. Et, si je ne m'abuse, le premier, celui qui mène la bande, l'œil au guet, examinant les numéros inscrits sur les lanternes des portes, c'est 233 Legall, fusilier breveté, mon ordonnance !

Malgré la pureté de mes intentions, j'avoue
que cette rencontre me gêne : est-on jamais
sûr de n'être pas jugé sur les apparences, surtout lorsqu'on a affaire à des âmes naïves,
comme doit être celle de 233? A Nagasaki
cependant, tout le monde passe par le Yochivara; les mères les plus timorées le traversent
avec leurs filles; c'est une artère de communication très avouable...

— Par le flanc droit! Halte! commande 233,
qui a sans doute enfin trouvé la maison amie.

Alors, tant mieux, nous ne nous croiserons
pas.

Lestes à sauter à terre, ils entrent tous, s'es-
sayant, non sans quelque succès, à des révérences dans le plus haut style local, et c'est au
moment précis où nous passons devant le vestibule largement ouvert. J'ai donc la double
satisfaction, et de garder mon incognito, et de
m'assurer, à l'empressement flatteur de l'ac-
cueil, que mes hommes ont su se créer de
sérieuses sympathies dans ces salons.

Au prochain tournant de rue, je dois me
séparer du prince et des deux autres convives

de la dînette, qui remonteront vers l'hôpital
russe, tandis que je m'en irai solitairement
tout le long des quais, jusqu'à l'échelle coutu-
mière. Là, je réveillerai, pour qu'il me ramène
à bord, quelqu'un de ces bateliers nippons, qui
se tiennent blottis jusqu'au matin dans la
cabane de leur sampan.

Minuit à peu près, quand j'arrive aux escaliers de granit qui descendent dans la mer, et
la neige tombe plus fort ; la rade, emplie de
lourdes ténèbres, entre les montagnes de ses
rives, semble un bien sinistre gouffre. J'appelle
dans l'obscurité :

— Sampan ! sampan !

D'en bas répond une voix étouffée, et puis
une trappe s'ouvre, dans une espèce de petit
sarcophage qui flottait sur l'eau sombre, et la
tête d'un sampanier se montre éclairée par une
lanterne.

— C'est pour aller où ?

— Là-bas, au grand cuirassé français.

Mais, tandis que nous parlementons, je
distingue une forme humaine, qui gît par terre
et sur laquelle un peu de poudre blanche est

tombée. Un col bleu! Un matelot de chez nous
peut-être: cela leur arrive... Non, un allié
seulement. L'allumette, qui brûle une demi-
seconde et que le vent de neige m'éteint aussitôt, me montre dans un éclair une figure de
Russe, à belle moustache jaune, ivre-mort. Que
faire pour ce pauvre diable, que de vilains
petits rôdeurs japonais sont capables de noyer,
comme cela s'est vu plus d'une fois depuis
l'arrivée des escadres ?... Bon! voici maintenant
deux autres silhouettes humaines qui se
dessinent et s'approchent. Encore des grands
cols. Ah! je les connais, ceux-là: deux du *Redoutable*. Un peu gris, ayant envie de rentrer à
bord et ne sachant comment s'y prendre. C'est
bien, je leur donnerai place, mais ils emporte-
ront le Russe, qu'en passant on déposera à
bord d'un bateau quelconque de sa nation. Un
par les pieds, un par la tête, ils le descendent
pendant que le sampanier, tenant au bout d'un
bâtonnet le petit ballon rouge de sa lanterne,
éclaire de son mieux, sur les marches où l'on
glisse, cette scène d'ensevelissement.

Insinuons-nous donc tous au fond du sarcophage, fermons au-dessus de nos têtes la pètite trappe, car on gèle, et, à la grâce de Dieu et du sampanier, en route sur les lames sautillantes, dans ce noir d'Érèbe où tourbillonnent des flocons blancs.

XXX

Madame Ichihara la marchande de singes, et
mademoiselle Matsumoto sa fille, revenaient
aujourd'hui d'une promenade à la campagne,
en robe de soie claire, rapportant de longs
rameaux tout blancs de fleurs: c'étaient de ces
pruneliers sauvages que l'on appelle chez nous
de l'épine noire et dont la floraison, dans nos
haies et nos bois, précède toujours le printemps.
(Je suis en coquetterie, depuis une quinzaine
de jours, avec madame Ichihara.)

Ces dames avaient été cueillir leurs gracieuses
primeurs dans un vallon abrité, connu d'elles

seules. Sur leurs instances aimables, j'ai accepté
de leurs mains quelques-unes de ces nouveautés
de la saison, que j'ai installées à bord dans des
vases de bronze, en m'efforçant de donner à ces
frêles bouquets une grâce japonaise.

Nulle part les fleurs des arbres précoces ne
sont guettées avec plus d'impatience qu'au
Japon, fleurs de cerisier, fleurs de pêcher ou
d'abricotier, que tout le monde cueille par
grandes branches, sans souci des fruits à venir
pour les mettre à tremper dans des potiches,
et s'en réjouir les yeux pendant un jour.

Madame Ichihara, ma nouvelle connaissance,
tient un commerce de macaques apprivoisés,
de ces gros macaques de l'île Kiu-Siu, qui ont
toujours la fourrure usée et la chair au vif, à
la partie de leur corps sur laquelle ils
s'asseyent. Cette dame, qui doit être contempo-
raine de madame Renoncule, est restée dans sa
maturité l'une des plus jolies personnes de Nagasaki ; il est regrettable que ses fréquentations
si spéciales imprègnent ses vêtements d'un
pénible arome : madame Ichihara sent le singe.

Chaque fois que ma fantaisie me pousse vers

la grande pagode du Cheval de Jade, je m'arrête
en chemin chez elle, pour flirter quelques
instants. Tout le bas de sa maison est occupé
par ses nombreux pensionnaires, les uns en
cage, les autres simplement enchaînés et bati-
folant de droite et de gauche; en passant par
là, on est toujours exposé à quelque avanie:
une petite main leste et froide se faufile entre
deux barreaux et vous attrape l'oreille, ou bien
un jeune espiègle, perché sur une solive d'en
haut, vous jette à la figure l'eau de son écuelle
à boire. Mais quand on a réussi, par l'escalier
du fond, à atteindre le premier étage, on est
en sécurité dans une sorte de petit boudoir
fort accueillant, où reçoivent ces deux dames.

Madame Ichihara, qui s'est enrichie dans les
singes, vient d'ajouter à ce commerce un inté-
ressant rayon d'antiquités. Elle tient surtout
les vieux ivoires, risqués ou drolatiques, et,
pendant qu'elle s'occupe, sans avoir l'air de
rien, à vous préparer le thé, sa fille ne manque
jamais de vous en faire admirer quelques-uns :
ivoires articulés, truqués, groupes de personnages à peine longs comme la dernière phàlange

du doigt, et qui remuent, qui se livrent entre
eux à des actes, hélas ! souvent bien répréhen-
sibles. Cette mademoiselle Matsumoto, une
mousmé de seize ans, qui sent le singe comme
sa mère, mais qui est la candeur même, peut
sans inconvénient manier de tels sujets, parce
qu'elle n'en saisit pas la portée ; les yeux baissés
et mi-clos, aux lèvres un pudique sourire, elle
donne le mouvement aux subtils mécanismes,
plus délicats que des ressorts de montre, et s'y
entend à merveille pour mettre ainsi en valeur
de menus objets d'art, qui feraient certainement rougir dans leurs cages les pensionnaires
du rez-de-chaussée...

De l'obscène et du macabre, amalgamés par
des cervelles au rebours des nôtres, pour
arriver à produire de l'effroyable qui n'a plus
de nom : c'est ainsi qu'on pourrait définir la
plupart de ces minuscules ivoires, jaunis comme
des dents d'octogénaire. Figures de spectres ou
de gnomes, si petites qu'il faudrait presque
une loupe pour en démêler toute l'horreur ;
têtes de mort, d'où s'échappent des serpents
par les trous des yeux ; vieillards ridés, au

front tout bouffi par l'hydrocéphale; embryons humains ayant des tentacules de poulpe; fragments d'êtres qui s'étreignent, ricanent la luxure, et dont les corps finissent en amas confus de racines ou de viscères...

Et cette mousmé si agréablement habillée, à côté d'une fine potiche où des branches de fleurs sont posées d'une façon exquise, cette mousmé au perpétuel sourire, étalant avec grâce tant de monstruosités qui ont dû coûter jadis des mois de travail, cette mousmé est comme une vivante allégorie de son Japon, aux puériles gentillesses de surface et aux inlassables patiences, avec, dans l'âme, des choses qu'on ne comprend pas, qui répugnent ou qui font peur...

XXXI

Cette grande pagole du Cheval de Jade où
j'allais si souvent jadis, à la splendeur étoilée
des nuits de juillet, et qui est cause aujourd'hui
de mes stations chez madame Ichihara, elle a
pris un air de vétusté, d'abandon, elle me fait
l'effet d'avoir vieilli, depuis quinze ans, de deux
ou trois siècles. Les immenses marches de
granit, les escaliers de Titans qui y conduisent,
à mi-montagne, je me souviens d'y être monté
jadis, aux musiques, aux lanternes, aux milliers
de lanternes étranges, presque porté par des
foules qui se rendaient en pèlerinage. Aujour-

d'hui quand j'y vais, je n'aperçois guère d'autre
visiteur que moi, du haut en bas de ces escaliers
superbes où je suis comme perdu. Et combien
ils sont frustes, usés, disjoints, les granits des
dalles, les granits des portiques religieux, échelonnés sur le parcours, — ces portiques de tous
les abords de temple, toujours pareils, et toujours si en contraste avec le Japon, simples et
rudes, grandioses comme des pylones égyptiens.
Tout en haut dans la dernière cour, devant
l'énorme pagode en bois de cèdre, qui a pris
une couleur plus grise et plus éteinte, le cheval
de jade médite solitairement sur son vieux socle
effrité. L'herbe pousse et les dalles mêmes ver-
dissent. Chaque fois, je le trouve clos et silencieux, le sanctuaire au fond duquel je me souviens d'avoir aperçu jadis, par-dessus la foule
prosternée, les grands dieux d'or entourés de
lotus d'or... Ce Japon, qui me paraît en voie de
renier tous ses vieux rêves, que va-t-il faire
bientôt de ses milliers de pagodes, dont
quelques-unes étaient si merveilleuses, et qui
occupent infiniment plus de place que chez
nous les églises ?...

En sortant par la gauche de cette cour, où l'antique cheval de jade trône encore, on arrive comme autrefois sur l'esplanade aux maisons-de-thé et aux petits berceaux de verdure, d'où la vue embrasse tout Nagasaki, et sa baie profonde. Il y a même toujours cette « maison-de-thé des Crapauds[1] » où je venais avec madame Chrysanthème et la fine fleur des mousmés de son temps ; les crapauds sont restés aussi, ces mêmes crapauds-monstres qui étaient la gloire de l'établissement, et comme jadis leurs grosses voix de basse font couac! couac! dans les rocailles du gentil bassin. Ce qui a changé seulement, c'est le matériel de la maison ; on y voit aujourd'hui des tables de cabaret, des bouteilles de wisky, alignées avec du gin ou de l'absinthe Pernod, enfin tous les breuvages civilisateurs dont notre Occident a doté le monde.

Plus haut que l'esplanade, des sentiers montent vers une région de calme et d'ombre qui a des airs de bois sacré. Des camélias à fleurs simples, presque grands comme nos ormeaux,

1. La Donko-Tchaya.

qui sont en ce moment sur la fin de leur floraison hivernale, y jonchent la terre de leurs
pétales rouges ; d'autres arbres, au feuillage
persistant, des arbres immenses qui ont peut-
être l'âge du temple, font voûte au-dessus des
tapis d'herbe fine ou de petites plantes rares.
A mesure que l'on s'élève, on voit s'élever
aussi dans un demi-lointain, au delà de cette
vallée enclose où Nagasaki a groupé ses milliers
de toitures grises, les montagnes d'en face, celles
qui sont couvertes de bois funéraires, de pagodes et de tombeaux, celles dont le terrain est
si mêlé de cendre humaine et d'où s'exhale éternellement le parfum des baguettes brûlées pour
les morts. Plus loin, la grande échancrure bleue
de la rade s'ouvre entre les escarpements et les
complications charmantes de ses rives. Et enfin,
tout là-bas, à peine dessinés, presque perdus
dans ce bleu qui devient de plus en plus souverain, apparaissent les îlots avancés qui ter-
minent le Japon, ces îlots que l'on dirait trop
confiants en l'immensité liquide alentour, et
trop jolis, avec leurs cèdres des bords, qui se
penchent sur la mer...

Vers ces sommets, au-dessus des temples, on est dans un Japon admirable, quintessencié, suprêmement élégant, recueilli, presque religieux, et l'on cesse de sourire, pour admirer.

XXXII

A la réflexion, cette maison si austère, au bout de la montée du Yochivara, m'intriguant davantage, je m'en suis d'abord ouvert à 233, qui est un observateur subtil :

— Peuh ! m'a-t-il répondu, une boîte comme les autres !... Seulement c'est des bonnes femmes qui fait sa duchesse et sa marquise; *ça* ne reçoit pas le pauv' matelot.

Cette première appréciation ne m'ayant pas suffi, j'ai eu recours aux lumières de M. Marouyama, notre interprète officiel, un jeune Japonais aussi érudit que mondain, et très au courant des choses galantes.

— Monsieur, m'a-t-il dit, c'est en effet
une maison habitée par des dames, et où les
messieurs sont admis à venir chercher le soir
quelques distractions payantes. Mais toutes les
pensionnaires sont des jeunes personnes d'ex-
cellente famille et principalement de race noble,
que des revers momentanés ont contraintes à se
faire une position ; aussi leurs salons demeurent-
ils très fermés, et nos regrettables préjugés na-
tionaux s'opposent à ce que les étrangers y
soient reçus.

De l'aveu même de M. Marouyama, ces jeunes
personnes sont plutôt moins jolies que les autres
et encore plus dépourvues d'yeux, mais si distinguées ! Lettrées pour la plupart et même
poétesses, sachant apporter dans la conversa-
tion, dans le flirt, le badinage, et en général
dans tout ce qui concerne leur partie, un ton,
une allure absolument hors de pair.

XXXIII

A l'étalage de madame L'Ourse, dans ses tubes
de bambous emplis d'eau claire, les derniers
camélias disparaissent, comme avaient disparu
les chrysanthèmes, et font place à des branches
de prunier toutes garnies de fleurs neigeuses,
à des branches de pêcher toutes roses. Le long
des rues, aux devantures des boutiques, même
des plus humbles échoppes d'ouvriers, on voit
de ces premières fleurs du vrai printemps, dis-
posées avec un goût délicat dans quelque vase
de porcelaine ou de bronze. (Les gens du plus
bas peuple, en ce pays, sont plus artistes et

plus affinés que la moyenne des bourgeois de chez nous.)

Et les mousmés, entre deux giboulées, quand luit un peu de soleil, se promènent en robes de nuances plus claires, — des gris perle, des bleus de cendre ou des lilas, qui révèlent des aspects nouveaux de leur gentillesse un peu factice, mais toujours si artistement accommodée. Je crois même qu'elles ont un rire approprié à la saison, un rire de fin d'hiver, qui est encore plus gai, et plus contagieux que celui de décembre ou de janvier.

Il va donc arriver pour tout de bon, ce printemps qui nous fera partir, mais qui, heureusement pour nous, est toujours tardif au Japon, après de si beaux automnes de lumière. Dans la montagne aux temples et aux sépultures, il y a déjà quantité d'arbres fruitiers follement fleuris ; ils ressemblent à des touffes de ruban rose, ou de ruban blanc, à côté des pagodes dont les grisailles se font au contraire plus tristes et plus vieilles, par contraste avec toute cette fraîcheur ; on dirait d'une décoration de fête, artificielle, fragile et sans lendemain. Les

Japonais du reste aiment peindre ces aspects éphémères de leurs vergers ; ils en font ces images qui, transportées chez nous, paraissent trop jolies, dans une exagération de couleur.

XXXIV

Madame Prune n'a jamais été mère... Ce n'est pas sans un trouble intime que je viens de l'apprendre.

A cela sans doute, elle doit d'avoir conservé cette jeunesse dans les sentiments, et, dans tout l'organisme, cette verdeur que j'admirais sans me l'expliquer. Pendant l'une de ces minutes de tête-à-tête et d'épanchement, qu'elle ne redoute plus assez de provoquer entre nous et que le printemps va rendre plus capiteuses, elle s'est décidée à la délicate confidence.

— Mais alors, et la toute mignonne et potelée

madame Oyouki? Une fille adoptive, simplement?

— Hélas! non... Une erreur de feu ce pauvre
monsieur Sucre... Une enfant conçue en dehors
des liens sacrés du mariage...

— Madame Prune, en croirai-je à mes oreilles?... Monsieur Sucre, ce pur artiste, capable
de s'être oublié à ce point!... Quelle atteinte
vous venez de porter pour moi à sa mémoire!...

Et dire que j'ai pu vivre tout un été sous le
même toit que ce ménage, sans soupçonner un
secret si lourd...·

XXXV

Malgré les robes printanières des mousmés,
malgré la floraison hâtive des vergers et l'allon-
gement des soirs, c'étaient toujours les mauvais
vents de Nord, la pluie, la neige, nous faisant
un Japon plus sombre, plus humide et plus gelé
qu'au cœur de l'hiver. Et les orangers s'éton-
naient, et les grands cycas arborescents, dans
les cours des pagodes, se disaient que depuis
un siècle ils n'avaient pas vu tant de poudre
blanche sur leurs beaux plumets verts.

Mais voici que la griserie d'un printemps
soudain est venue nous prendre, dans ce Na-

gasaki où nous finissons notre quatrième mois d'un exil très enjôleur.

Là-haut, chez messieurs les Trépassés, la montagne se tapisse de fleurettes sauvages, pour nous inconnues ; autour des stèles innombrables, le petit monde frileux des fougères déplie partout en confiance ses feuilles nouvelles, d'une teinte pâle et rare. Dans la verte nécropole, plus grande que le quartier des vivants, — que j'avais abandonnée par ces temps de neige, et où je recommence de venir, — ce n'est plus cette tiédeur languide et mourante de l'arrière-automne qui s'harmonisait si bien avec les tombes ; c'est un ensoleillement de renouveau, une envahissante gaîté d'herbes folles, qui ne cadrent plus, qui doivent effaroucher les pauvres défunts en cendre et faire s'évanouir plus vite ce qui restait encore de leurs âmes flottantes. Tandis que les grandes pagodes gardiennes, sous ces rayons trop clairs, se révèlent plus vieilles et plus mornes, leurs boiseries plus vermoulues, leurs monstres plus caducs.

En bas, sur la ville de cèdre et de papier, la lumière est maintenant en continuelle fête ;

les mille petites boutiques ouvertes accrochent du soleil et des reflets sur leurs potiches, leurs laques ou leurs étoffes aux nuances de fleurs.

Et le soir, par les longs crépuscules attiédis, chaque rue s'emplit d'une myriade de petits enfants, aux têtes rondes, aux yeux de chat moitié câlins moitié mauvais. En aucun pays de la Terre on n'en voit une telle abondance. Ils sortent par douzaine de chaque porte. Presque tous jolis, eux qui deviendront si laids en grandissant, ils sont coiffés encore, comme autrefois, avec un art comique, avec une science supérieure de la drôlerie, en petites queues alternant avec des places rasées, — petites queues qui retombent sur les oreilles, ou bien petites queues qui se redressent au-dessus de la nuque, suivant le genre de minois du personnage. Leurs robes ont beaucoup d'ampleur et sont trop longues, leurs manches pagodes sont trop larges ; cela leur donne des tournures empêtrées ou pompeuses. Ils ne font pas de bruit. Ils ne rient pas, en ce pays où leurs grandes sœurs et leurs mamans savent si bien rire. Ils sont la génération prochaine qui verra tout changer dans cet Empire du Soleil-Levant jadis immuable, et déjà ils ont l'air d'observer attentivement la vie, avec leurs prunelles de jais noir, mystérieuses entre leurs paupières bridées. Surtout ils se protègent et s'entr'aident les uns les autres, d'une façon gentille et touchante ; il n'en est pas de si petit auquel ne soit confié un frère, moindre encore et plus poupée que lui. Pourtant on en voit aussi qui s'amusent ; gravement ils tiennent la ficelle de quelqu'un de ces cerfs-volants qui, à l'heure des chauves-souris, se mettent de tous côtés à planer dans le ciel, ayant forme de chauve-souris eux-mêmes, ou de phalène ou de chimère.

Il ne fait plus froid, tout s'égaye, tout s'éclaire... Et la grâce des mousmés, que j'avais à peine comprise, il y a quinze ans, c'est aujourd'hui, dirait-on, qu'elle m'est révélée...

Une fois de plus, après tant d'autres fois, on se laisse prendre à cette éternelle duperie de la nature, qui n'a pour but que de préparer les feuilles mortes et les dépérissements jaunes d'un très prochain automne. On se laisse prendre, et cependant il y a cette année deux causes de tristesse à le sentir approcher, ce printemps : d'abord, ce n'est pas ici qu'on avait pensé le recevoir, chacun comptait bien être là-bas, dans son coin de terre natale, quand arriveraient les hirondelles : ensuite ce beau temps sonne le départ pour la Chine ; les glaces de l'affreux Petchili doivent fondre sous ce soleil, et on va nous rappeler bientôt à nos postes d'énervante fatigue.

XXXVI

Dans ce rayonnement de printemps, à peine avais-je mis pied à terre aujourd'hui, que trois mousmés dans la rue ont attiré mon attention. Qu'y avait-il donc entre elles d'inusité, que je définissais mal au premier abord? Avec des petites moues particulières, des envies de rire contenues, elles cheminaient ensemble, le nez au vent tiède, l'air de *se savoir drôles* et de perpétrer quelque farce... Ah! cela venait de leur coiffure: elles s'étaient fait des bandeaux et des chignons comme les grand'mères. Et, quand elles eurent compris, à mon regard, que j'avais

remarqué, elles répondirent des yeux : « Hein !
n'est-ce pas que nous sommes cocasses ? » et
passèrent en riant pour tout de bon.

Quelques pas plus loin, deux vieilles dames...
Qu'avaient-elles d'inusité, celles-là encore ?...
Ah ! leur coiffure : elles s'étaient fait des bandeaux et des chignons de jeune fillette, avec un
léger piquet de fleurs sur le côté, comme en
porte mademoiselle Pluie-d'Avril. Et leur sourire me répondit de même : « Mais oui, c'est
ainsi, ne t'en déplaise ! Oh ! nous le savons,
va, que nous sommes comiques ! »

Tout le long du chemin, pareille mascarade ;
renversement général des coiffures et des âges.
(Bien entendu, fallait-il avoir l'œil déjà complètement fait aux japoneries pour recevoir
une impression de stupeur telle que la mienne.
C'était comme si, chez nous, un beau jour,
toutes les aïeules apparaissaient en cheveux,
avec des nattes dans le dos, et toutes les
petites filles, en bonnet tuyauté, avec des
anglaises.)

Quelques instants plus tard, dans le faubourg
de Dioudjendji, près de mon ancienne demeure.

Devant moi cheminait une dame de galante tournure, ayant cette ligne incomparable de la nuque et des épaules qui la décèlerait entre mille : madame Prune, coiffée aujourd'hui en petite mousmé, en petite écolière, avec un piquet de roses pompons se balançant au bout d'une longue épingle d'écaille !...

Avertie par son flair toujours si sûr, elle se retourna pour me montrer, dans un sourire, l'un des derniers râteliers laqués de noir que Nagasaki possède encore : « N'est-ce pas, demandaient pudiquement ses yeux baissés, n'est-ce pas, cher, que ça ne va pas trop mal ? »

— Madame Prune, j'allais vous le dire. Mais je vous prie, expliquez-moi...

Alors elle me conta que, depuis le temps des ancêtres lointains, c'était de tradition que les dames, ce jour du calendrier, fussent coiffées comme les jeunes filles, et les jeunes filles comme les dames.

Et tout était joli autour de nous, aussi bizarrement joli et aussi invraisemblablement arrangé que dans une aquarelle japonaise. Ce faubourg où nous passions avait l'air en pleine ivresse de printemps. Notre sentier dominait, à soixante mètres de haut, la rade bleue, sinueuse entre ses rives boisées. Autour des vieilles maisonnettes, aux châssis de papier, il y avait des arbres tout blancs et des arbres tout roses ; il y avait aussi des glycines dont les longues grappes commençaient de se colorer en violet pâle ; et tout cela, maisonnettes gentilles comme des jouets, arbres roses des petits jardins, glycines en guirlandes, dévalait sous nos pieds jusqu'à la mer, dans un pêle-mêle qui semblait instable et impossible ; tout cela avait l'air de tenir par ensorcellement, sans souci de l'équilibre ni de la pesanteur. Une lumière idéale, délicate, éclatante sans éblouir, s'épandait pareille, sur les choses proches et sur les lointains limpides. Dans le ciel pointaient ces cimes très singulières des montagnes de Kiu-Siu, qui ressemblent à des cônes tapissés de peluche verte. Et, là-bas, du côté où la rade s'ouvre sur la mer de Chine, plus d'habitations humaines, un manteau uniforme de verdure jeté partout, même du haut en bas des très abruptes falaises ; rien que deux ou trois petits

temples, perchés dans des coins presque inac-
cessibles, discrets d'ailleurs, émergeant à peine
du fouillis des branches, et voués aux Esprits
des bois qui doivent être souverains par là,
sur ces côtes si vertes.

Une seule tache, dans l'immense décor souriant; un peu en arrière de nous, de l'autre
côté de la baie, un lieu pelé, horrible et maudit
d'où monte un bruit perpétuel de ferraille ta-
potée; une bouche de l'enfer qui souffle une
haleine noire par mille tuyaux : l'arsenal où
se fabriquent nuit et jour les nouvelles machines à tuer,

Madame Prune, continuant de marivauder à
son ordinaire, tandis que le piquet de roses
pompons s'agitait au-dessus de son opulente
coiffure, m'entraînait insensiblement vers sa
demeure. Et moi, fasciné comme toujours par
ses dents laquées, couleur d'ébène polie, je
constatai qu'elles venaient d'être remises à neuf,
à mon intention sans doute : de patients spé-
cialistes y avaient introduit de place en place
des petits morceaux d'or qui prenaient, sur ce
fond noir, énormément d'importance et d'éclat,

tout comme sur les laques des plateaux ou des
boîtes.

On n'imagine pas ce qu'il y a de dentistes à
Nagasaki ; les moindres portefaix ont des dents
dorées par leurs soins. Ils travaillent du reste
sans mystère, car je me souviens d'avoir vu,
par des fenêtres ouvertes, des dames au chignon
d'un beau galbe, la tête renversée sur un cous-
sinet et tenant béantes leurs mâchoires, qu'un
opérateur semblait perforer avec d'étonnants
petits vilebrequins. Ils ont, paraît-il, appris cet
art en Amérique. Quantité de matelots de chez
nous, séduits par leurs enseignes à images, se
sont confiés à eux et les déclarent d'une dex-
térité merveilleuse.

En ce qui est affaire d'adresse, de patience
et d'exactitude, ces petits Japonais ne pouvaient
qu'exceller. C'est pourquoi ils se sont approprié
si vite l'art de nos électriciens et de nos con-
structeurs de machines ; on s'étonne seulement
qu'ils n'aient pas inventé eux-mêmes, des millénaires avant nous, tout cela, avec quoi ils
jonglent aujourd'hui comme des virtuoses.

Et nos plus modernes engins de guerre, qui

ne sont en somme que bibelots de précision, vont devenir, hélas ! entre leurs mains prestes et sûres, de bien effroyables jouets...

Mon Dieu, sauf madame Prune, que tout était joli ce jour-là autour de moi, aussi bien en bas, au bord de la rade profonde, qu'en haut vers le ciel pâlement bleu où montaient les étranges cimes vertes ! Et qu'elle est adorable, cette île de Kiu-Siu, de finir ainsi, là-bas au loin, par des falaises magiquement garnies d'arbres, des falaises qui portent des petits temples à demi cachés sous leur verdure et qui descendent, comme les remparts de quelque forteresse enchantée, dans le grand néant de la mer, aujourd'hui si lumineux et diaphane !...

XXXVII

25 mars.

Amusantes et douces, à cette fin de mars,
s'en vont nos journées, nos dernières journées
dans ce Japon, qu'il faudra quitter bientôt,
quitter demain peut-être, après-demain, qui
sait, au reçu de quelque ordre brusque et sans
merci.

Et je regretterai des recoins d'ombre et de
mousse, parmi de vieux granits et de fraîches
cascades, sur des versants de montagne, au-
dessus de mystérieux temples...

La véranda ombreuse et calme de la maison-
de-thé que tient madame La Cigogne, devant le

temple du Renard, les antiques terrasses de la ville des morts, aux pierres grises, sous les cèdres de cent ans, je ne retrouverai jamais ces heures de silence et de presque voluptueuse mélancolie, passées là dans la nuit verte des arbres.

Et puis j'ai aussi une amie mousmé, pour laquelle je donnerais bien madame Renoncule, et madame Prune avec mademoiselle Pluie-d'Avril, et que je rencontre, au cœur même de la haute nécropole, dans une sorte de bocage enclos, environné d'un peuple de tombes. — Oh! en tout bien tout honneur, nos entrevues: cela arrive, même au Japon. — Et je crois que c'est elle, cette mousmé, qui personnifie à présent pour moi Nagasaki et la montagne délicieuse de ses morts. Il en faut presque toujours une, n'est-ce pas, n'importe où le sort vous ait exilé, une âme féminine et jeune (dont l'enveloppe soit un peu charmante, car c'est là encore un leurre nécessaire) et qui vous vienne en aide dans la grande solitude, — même très honnê-tement parfois, en petite sœur de passage, pour qui l'on garde, quelque temps après le

13

départ, une pensée douce, et puis, que l'on oublie...

Je n'en avais point parlé encore, de cette mousmé Inamato. Voici pourtant plus de trois mois que nous avons fait connaissance; c'était encore au temps de ces tranquilles soleils rouges des soirs d'automne sur les jonchées de feuilles mortes. Et, depuis, nous n'avons cessé que par les temps de neige nos innocents rendez-vous, toujours là-haut dans ce même bois triste et muré; mais cela reste tellement enfantin que je ne suis pas sûr que ce ne soit amèrement ridicule. Est-ce elle que je regretterai le jour du départ, ou seulement cette montagne avec son mystère et son ombre, avec ses enclos de vieilles pierres et ses mousses?... Il est certain que je suis l'homme des vieux petits murs dans les bois, des vieux petits murs gris, moussus, avec des capillaires plein les trous; j'ai vécu dans leur intimité quand j'étais enfant, je les ai adorés, et ils continuent d'exercer sur moi un charme que je ne sais pas rendre. En retrouver, dans cette montagne japonaise, de tout pareils à ceux de mon pays,

a été un des premiers éléments de séduction
pour me faire revenir, plus encore que la paix
de tout ce merveilleux cimetière, plus encore
que la profondeur et l'étrangeté magnifique des
. lointains déployés alentour.

Quant à la mousmé dont l'attraction est
venue se greffer par là-dessus, c'est un beau
soir empourpré de décembre, *au siècle dernier*,
que brusquement nous nous sommes trouvés
face à face. J'errais seul dans la nécropole, à
l'heure de cuivre rouge qui annonce le coucher
du soleil d'automne, quand l'idée me prit
d'escalader un mur, plus haut que les autres,
pour pénétrer dans l'espèce de bocage qu'il
semblait enclore de toutes parts.

Je tombai dans un ancien parc à l'abandon,
aujourd'hui moitié jungle et moitié forêt, où
une jeune fille, assise sur la mousse, l'air
d'être chez elle, feuilletait un livre d'images
représentant des dieux et des déesses dans les
nuées.

Elle commença naturellement par rire (étant
Japonaise et mousmé) avant de me demander :
« Qui es-tu, d'où sors-tu, qui t'a permis de

sauter ce mur ? » Elle avait des yeux à peine
bridés, presque des yeux comme une petite
fille brune de Provence ou d'Espagne, avec un
teint d'ambre roux ; elle respirait la santé, la
jeunesse fraîche, et son regard était si honnête
que je quittai tout de suite pour elle ce ton de
badinage, toujours indiqué dans les salons de
madame Prune ou de madame Renoncule ma
belle-mère.

J'appris, ce premier soir, qu'elle se nom-
mait Inamoto, qu'elle était fille du bonze,
ou du simple gardien peut-être, de certaine
grande pagode, dont j'apercevais, cinquante
mètres plus bas, à travers des branches, la
toiture tourmentée et les cours au dallage
funèbre.

— Petite mademoiselle Inamato, demandai-
je avant l'escalade de sortie, cela me ferait
plaisir de te revoir quelquefois. Après-demain
s'il ne tombe ni pluie ni neige, je reviendrai
ici, à cette même heure. Et toi, est-ce que tu
viendras?

— Je viendrai, dit-elle, je viens tous les
jours sans pluie.

Elle ajouta, avec une révérence : « Saya-
nara ! » (Je te salue !) et se mit à redescendre
par un sentier de chèvre, vers le temple, très
soucieuse de protéger les belles coques de ses
cheveux lisses contre les petites branches de
bambou qui, au passage, lui fouettaient la
figure.

Depuis ce jour-là, j'ai bien franchi cinquante
fois, à cette même place, ce même vieux mur...
C'est aussi chaste qu'avec mademoiselle Pluie-
d'Avril, mais différent et plus profond ; il ne
s'agit plus d'un petit chat habillé, mais d'une
jeune fille, qui, malgré son rire de mousmé, a
des yeux candides et parfois graves.

Comment cela peut-il durer entre nous, sans
lassitude, puisque la différence des langages
empêche toute communion approfondie entre
nos deux âmes, sans doute essentiellement
diverses, et puisque par ailleurs, dans nos
rendez-vous, il n'y a jamais un instant
d'équivoque, un instant trouble ?...

Bien que la nécropole soit solitaire, à certains jours il faut des ruses d'Apache pour
arriver sans être vu, — et cela encore est

amusant. Elle a de plus en plus peur, la
mousmé, peur que l'on nous observe, que son
père la gronde, qu'on lui défende de venir.
Quelquefois c'est un porteur d'eau, qui descend
des sommets et nous gêne: le lendemain c'est
une vieille dame qui nous tient longuement en
échec, étant occupée sans hâte à disposer des
branches de verdure dans des tubes de bambou
aux quatre coins d'une tombe, ou bien à
brûler des baguettes d'encens pour ses ancêtres,
ou simplement à regarder sous ses pieds le
panorama des pagodes, de la ville et de la
mer. Et je reste caché derrière quelque grand
cèdre, apercevant, au-dessus du mur, des cheveux biens noirs qui dépassent les pierres, un
front et deux yeux au guet (jamais un bout de
nez, jamais rien de plus) : ma petite amie qui
s'est perchée là pour surveiller, elle aussi, la
solution de l'incident, toujours prête à disparaître au moindre danger, comme un gentil
personnage de guignol qui retomberait dans sa
boîte

Oui, c'est bien enfantin et ridicule, et pour
que tout cela ait pu durer, il a fallu l'exotisme

extrême, le charme de ce lieu unique et le charme d'Inamoto combinés ensemble.

Est-ce elle que je regretterai, ou sa montagne, ou encore le vieux mur gris, protecteur de nos rendez-vous? Vraiment je ne sais plus, tant sa gentille personnalité est pour moi amalgamée aux ambiances.

XXXVIII

26 mars.

Des nouvelles arrivées de Chine disent qu'à l'entrée du Peïho les glaces fondent; donc ce sera d'un moment à l'autre, le départ, et nous comptons les jours de gráce qui nous restent, nous sentant plus japonisés que nous ne pensions, à l'heure de tout quitter.

Ma petite amie Pluie-d'Avril est venue aujourd'hui me faire visite à bord, accompagnée de la vieille dame qu'elle appelle grand'mère. Une visite tout à fait bon enfant et sans cérémonie; elle avait pris un costume qui, pour elle, était plutôt simple, mais où tout

de même de grandes fleurs aux nuances fantastiques s'étalaient sur fond ivoire.

Elle est si connue, et d'ailleurs si bébé,
que messieurs les agents de police la laissent
aller et venir. A bord, les matelots aussi la
connaissent, et disent : « Voilà le petit chat
qui arrive. »

Aujourd'hui, elle s'est intéressée à nos
canons; qui aurait cru cela, et où la préoccu-
pation de la guerre va-t-elle se nicher? « Nos
bateaux, à nous Japonais, en ont-ils de pareils?
Est-ce que ceux des Russes peuvent tuer aussi
loin? » Oh! qu'elle était drôle, à côté de l'une
de ces grosses pièces du *Redoutable*, que deux
canonniers s'étaient amusés à lui ouvrir, et
fourrant sa petite tête dedans, avec son beau
chignon, pour examiner les rayures.

XXXIX

31 mars.

Dans la matinée, vers dix heures, s'est refermé derrière nous le long couloir de verdure, au fond duquel Nagasaki s'étale dans son cadre de pagodes et de cimetières. Ensuite, ont défilé ces 'petits îlots, qui sont comme les sentinelles avancées du Japon, — petits îlots charmants, que tout le monde connaît, pour les avoir vus peints sur tant de potiches et d'éventails. Et puis la mer, *le large* a commencé de nous envelopper de sa majesté sereine et de son silence, plus saisissants par contraste, après tant de mignardises, et de musiquettes,

et de gentils rires, auxquels nous venions longuement de nous habituer.

Très brusque a été l'ordre de départ. A peine
ai-je trouvé le temps de saluer ma belle-mère
en émoi. C'était déjà si court, les deux heures
que j'avais, pour aller dans la montagne dire
adieu à la mousmé Inamoto...

Faut-il que je l'aie escaladé souvent, le
vieux mur de son bois enclos, pour que les
traces de mon passage se voient déjà si bien sur
le gris des pierres! je ne l'avais jamais remarqué comme ce jour de départ, il y a de quoi
donner l'éveil, et à mon retour il faudra changer de chemin. Dans l'herbe aussi, mon pas a
dessiné une vague sente, comme ces foulées
que font les bêtes en forêt.

Mousmé qui n'avait pas des yeux ordinaires
de mousmé, fleur énigmatique et jolie, fleur
de pagode et de cimetière, qu'ai-je su comprendre d'elle, et qu'a-t-elle compris de moi?
Rien que l'un de nous soit capable de définir.
Assis côte à côte sur la terre de ce bois, disant
des choses forcément puérils, à cause de cette
langue dont je connais trop peu de mots, nous

étions comme deux sphinx qui s'amuseraient à
faire les enfants, faute d'un moyen, d'une clef
pour se déchiffrer, mais qui seraient retenus
là chacun par l'âme inconnue de l'autre,
vaguement devinée. Il est certain qu'entre nous
commençait de se nouer cette sorte de lien
qu'on appelle affection, qui ne se discute ni ne
s'analyse, et qui souvent rapproche des êtres
infiniment dissemblables... Au-dessus du mur,
ce gentil front et cette paire de jeunes yeux
qui m'accompagnaient hier au soir, pendant
ma fuite à travers le dédale des terrasses funéraires et des tombes, je me suis retourné deux
fois pour les regarder ; quand je les ai vus disparaître, je crois même que je me suis senti plus
seul encore dans ces lointains pays jaunes...
Et ce petit serrement de cœur, en m'éloignant,
était comme un reflet très atténué, — crépusculaire, si l'on peut dire ainsi, — de ces
angoisses qui, à l'époque de ma jeunesse, ont
accompagné tant de fois mes grands départs.
Il est vrai, je suis sûr de revenir, autant qu'on
peut être sûr des choses de demain, car nous
restons deux ans, hélas ! dans les mers de

Chine, où Nagasaki sera notre lieu de ravitaillement et de repos. Et je la reverrai, cette
mousmé, j'entendrai encore sa voix, très doucement bizarre, répéter, avec un accent qui
fait sourire, les mots français qu'elle s'amuse
à apprendre...

Quant à madame Prune, c'était trop haut
perché pour cette fois, le faubourg qu'elle
habite. Mais nous reviendrons, nous reviendrons, et, s'il plaît à la Déesse de la Grâce, cette
idylle, ébauchée entre nous il y aura seize ans
bientôt, ne se dénoue point encore...

Ce soir donc, à l'heure où le soleil se couche
dans de longs voiles de brume, le Japon a
disparu ; l'île amusante s'est évanouie dans les
lointains d'une immensité toute pâle, qui luit
comme un miroir sans fin, et qui ondule très
lentement, avec une câlinerie perfide. Nous fai-
sons route vers le Nord et vers la Chine. Il y
a quinze ans, après un amollissant séjour dans
ce même coin du Japon et un mariage pour
rire avec une certaine petite Chrysanthème, je
remontais ainsi la mer Jaune, par un calme
pareil, sous des brumes comme celles-ci, un

soir aussi blême. Et le grand néant de la
mer, comme cette fois, m'enveloppait de sa
paix funèbre.

Je m'en allais avec moins de mélancolie, —
sans doute parce que la vie était encore en
avant de moi dans ce temps-là, tandis qu'à
présent elle est plutôt en arrière...

XL

DANS LA RUE

Juin 1901.

A la splendeur de juin, qui est là-bas
rayonnante et limpide plus encore que chez
nous, je me souviens de m'être posé pour
quelques jours dans une maisonnette, à Séoul,
devant le palais de l'empereur de Corée, juste
en face de la grande porte. Dès l'aube — naturellement très hâtive à cette saison, — des
sonneries de trompettes me réveillaient, et
c'était la relève matinale de la garde : une lon-

gue parade militaire, où figuraient chaque fois
un millier d'hommes. Les autres bruits de
Séoul commençaient ensuite, dominés par le
hennissement continuel des chevaux, — de ces
petits chevaux coréens, ébouriffés et toujours
en colère, qui se battent et qui mordent.

Ce palais d'empereur se dissimulait derrière
des murs. En se mettant à ma fenêtre on n'en
pouvait rien voir, que l'enceinte morose et le
grand portique rouge, décoré à la chinoise,
avec des monstres sur la frise. D'étranges
petits soldats, vêtus à l'européenne, montaient
la faction devant cette demeure fermée, ceux-
là mêmes dont les trompettes sonnaient chaque
jour, avant le soleil levé : sous des képis
comme en portent nos troupiers, des figures
plates et jaunes, paraissant tout étonnées d'un
accoutrement encore si nouveau.

De ma fenêtre, on apercevait aussi, en enfi-
lade, une rue large et droite, où s'agitait une
foule uniformément habillée de mousseline
blanche, entre deux rangs de maisonnettes
bien basses, bien saugrenues, d'un gris monotone et d'un aspect à peu près chinois.

La parade finie, c'était l'heure des audiences et des Conseils. Alors, dans d'élégantes chaises de laque, on apportait quantité de cérémonieux personnages en robe de soie à fleurs, coiffés de ce haut bonnet, — avec deux espèces de pavillons comme des oreilles écartées, comme des antennes — qui s'est démodé en Chine depuis environ trois siècles. Et, tandis que les abords du portique rouge s'encombraient de toutes ces belles chaises au repos et de leurs longs brancards flexibles gisant par terre, je regardais ces gens de Cour gravir l'un après l'autre les marches du seuil impérial, puis disparaître dans le palais : dignitaires antédiluviens qui venaient régler les choses du vieil empire croulant; sous leur costume d'apparat, ils avaient l'air de grands insectes, aux têtes compliquées, aux élytres chatoyants.

Alentour, le soleil de juin s'épandait en lumière de fête sur les grisailles de Séoul, qui reste la plus parfaitement grise de toutes ces antiques cités, encore vivantes en extrême Asie. Et c'était un soleil brûlant, car le climat de Corée est excessif, comme celui de la

14

Chine; à des hivers presque sibériens succèdent toujours sans transition de chauds et
merveilleux printemps.

Dès le matin, il flambait, ce soleil, sur
l'immense ville grise, enfermée dans ses remparts crénelés et dans son cirque de montagnes
grises. Des rues droites, d'une lieue de long
sur cent mètres de large, au sol gris, entre
des myriades de maisonnettes poudreuses, à
peu près toutes se ressemblant, toutes égales,
et recouvertes de pareilles carapaces en bri-
ques couleur de cendre. Et dominant ces
innombrables petites choses, de tous côtés
surgissait dans le ciel, comme un terrible mur
en pierrailles noirâtres, la chaîne de ces montagnes enveloppantes, qui était là comme pour
emprisonner, maintenir, condenser la tristesse
et l'immobilité de Séoul, — vieille capitale
éloignée de la mer, et n'ayant même pas un
fleuve pour lui amener les navires, toujours
colporteurs d'idées et de choses nouvelles.

Si larges et si découvertes, les rues de cette
ville, qu'on les voyait d'un bout à l'autre; on
les voyait là-bas, là-bas dans le lointain ex-

trême et la poussière, aboutir aux portes des
remparts, qui étaient surmontées, comme à
Pékin, d'énormes donjons noirs et cornus. Ces
foules toutes blanches, toutes en mousseline
blanche, processionnant sur les longues chaus-
sées, évoquaient, pour nous Européens, l'idée
d'un essaim de jeunes filles réunies à quelque
fête d'été; mais les promeneurs étaient presque
uniquement des hommes, au visage plat, à la
barbiche rude et clairsemée comme les babines
des phoques. Les garçons, les jeunes n'ayant
pas encore convolé en justes noces, allaient
tête nue, prenant un air virginal avec leur
robe immaculée, leur raie au milieu et leur
longue tresse dans le dos, à la manière des
petites filles d'Occident. Quant aux hommes
mariés, ils étaient irrésistiblement drôles,
coiffés tous, d'après l'usage inéluctable, d'un
nœud de cheveux et d'une espèce de petit
chapeau imitant notre « haut de forme »,
en crin noir avec des brides pour nouer
sous le menton; si petits, ces chapeaux, d'une
si ridicule petitesse, qu'on eût dit ceux qu'ont
inventés chez nous les clowns. Et comme

on était en juin et qu'il faisait très chaud,
nombre de gens portaient autour du torse et
des bras, sous la robe légère, une sorte de
carcasse, de crinoline en jonc tressé, pour
isoler la mousseline du corps; cela donnait
des bonshommes tout ronds, comme des pous-
sahs en baudruche soufflée.

Au milieu des blancheurs de ces milliers
de robes, quelques points rouges éclataient
dans la foule comme des coquelicots : les
bébés, tous en manteau écarlate, avec capu-
chon doré. Aussi quelques points couleur de
feuille fraîche : les dame de qualité, toutes en
manteau vert clair, coiffées d'un grand pli
d'étoffe blanche comme les Napolitaines, et s'ap-
puyant pour marcher sur de longues cannes,
dans le genre des houlettes de bergère à
Trianon; costumes d'ailleurs très montants,
mais avec deux ouvertures pour laisser sortir
les pointes des deux seins. — Et les hommes en
deuil!... De blanc habillés, ceux-là comme les
autres, ils disparaissaient sous des chapeaux
en paille de riz, larges d'au moins trois pieds,
ayant forme d'abat-jour, et, de plus, ils se

cachaient derrière un écran de circonstance,
à deux poignées, qu'ils tenaient des deux
mains, de manière à se l'appliquer herméti-
quement sur le visage[1]. — D'ailleurs, dans toute
cette bizarrerie des costumes, on ne sentait
l'influence ni de la Chine ni du Japon, les
deux redoutables pays voisins; non, c'était
quelque chose de très à part, ayant germé ici
même, entre ces montagnes, au pied de ces
amas de pierrailles grises.

Devant les humbles boutiques ouvertes le
long des rues, d'assez monotones et modestes
choses s'étalaient au soleil et à la poussière.
Beaucoup de harnais, pour ces méchants petits
chevaux à tous crins et d'humeur si batail-
leuse. Beaucoup de bahuts, tous pareils, en
laque rouge avec des fermoirs dorés. Et surtout des milliers d'objets en ce merveilleux
cuivre de Corée, qui est pâle, pâle comme
du vermeil mourant, mais dont l'éclat ne se

---

1. C'est dans cet appareil de deuil, très dissimulateur, que
l'évêque actuel de Séoul et quelques prêtres, échappés au mar-
tyre, se risquèrent à revenir ici, après le dernier grand massacre
des chrétiens de Corée.

ternit jamais : coupes, brûle-parfums et hauts
flambeaux d'une grâce exquise.

Les Coréens des vieux âges furent cependant
des maîtres aux inventions diverses. C'est eux
qui jadis initièrent les Japonais à la fabrication
de la porcelaine; — et, dans les tombeaux
de leurs souverains légendaires, on retrouve
d'adorables céramiques, presque toujours grises, couleur de souris, dont l'étrangeté sobre,
inspirée de la feuille ou de la fleur des lotus,
atteste un art déjà très avancé. C'est aussi par
eux que le secret de la boussole marine, vers
le xi° siècle, fut révélé à des navigateurs
arabes, qui l'apportèrent dans notre Occident
barbare. Mais à présent l'immense décrépitude
asiatique s'est étendue sur ce peuple trop
vieux, et la Corée se meurt comme le Céleste
Empire.

Ces milliers de petites carapaces, longues et
étroites, servant de toitures aux maisons de
Séoul, je me rappelle comme elles jouaient
singulièrement les pierres tombales lorsqu'on
les apercevait à vol d'oiseau. La ville, regardée
du haut des grands miradors couronnant les

portes, produisait un étonnant effet de cimetière ; on eût dit une infinie jonchée de tombes
dans une enceinte crénelée, — avec de longues
avenues où s'agitait une peuplade de fantômes,
toujours en diaphanes vêtements blancs.

Au sortir des remparts, aussitôt franchies
les lourdes portes à donjons, on trouvait une
campagne infiniment paisible et mélancolique.
Un sol pierreux ; partout des affleurements de
ces rocailles grisâtres, pareilles aux montagnes
environnantes. Des cèdres, des saules, des verdures d'un éclat tout neuf: une merveilleuse
apothéose du printemps, à cette fin de juin ;
des tapis de fleurs qu'inondait la gaie lumière ;
un bruissement perpétuel de cigales. Et des
gens à l'air doux, qui jouaient de l'éventail —
des gens vêtus de mousseline blanche, il va
sans dire, et coiffés du tout petit chapeau de
clown, en crin noir, avec des brides, — venaient
timidement et gentiment essayer de causer, avec
trois mots français ou latins, appris dans les
écoles ; ils vous offraient aussi de vous asseoir
avec eux, au bord du chemin, sous le toit de
quelque petite échoppe où l'on vendait d'in-

nocentes boissons très sucrées rafraîchies à la
neige; — tout cela avait des apparences d'inal-
térable bonhomie, et pourtant, quinze jours
plus tôt, dans le sud de l'empire, dans l'île de
Quelpaert, de grands massacres de chrétiens
venaient encore d'avoir lieu, avec des raffine-
ments d'atroce cruauté.

Les massacres! Les massacres passés, présents
ou à venir : en extrême Asie, c'est toujours avec
cela qu'il faut compter... N'empêche qu'il y
avait à Séoul une immense et folle cathédrale,
comme nos missionnaires rêvent obstinément
d'en construire dans les empires jaunes, malgré
la certitude presque absolue qu'elles seront sac-
cagées, et qu'eux-mêmes, prêtres ou religieuses,
réfugiés quelque jour dans cet asile suprême, y
trouveront une horrible mort... Elle était posée
superbement sur une colline, cette aventureuse
église de Séoul, dominant les milliers de maisonnettes à toiture en carapace, qui, regardées
du haut de sa flèche gothique, semblaient un
peuple de cloportes. Et tout autour c'était la
mission française; un quartier pour l'heure

accueillant et paisible, où des bonnes Sœurs
de chez nous élevaient des bandes de petits
Coréens et de petites Coréennes aux minois de
chat, leur apprenant à exercer d'humbles mé-
tiers, et à parler un peu notre langue.

Plus loin il y avait aussi deux ou trois rues
où l'on aurait pu se croire à Nagasaki ou à
Yeddo ; on y retrouvait les mousmés rieuses
aux jolis chignons luisants, les boutiques proprettes et les gentilles maisons-de-thé, égayées
de bouquets très prétentieux dans des vases de
bronze. — Et c'était le commencement de cette
infiltration japonaise, l'un des périls menaçant
le plus l'existence de la Corée.

*
* *

Oh ! la cocasserie, pour moi si imprévue,
d'une journée de pluie à Séoul ! L'amusant
souvenir que j'en ai gardé ! Cette fois-là, en
ouvrant ma fenêtre au matin, j'avais vu tout
assombri et tout nuageux ce ciel ordinairement
si pur. Autour de la ville grise, les montagnes
drôles et trop pointues semblaient piquer dans

un même voile épais, qui descendait peu à peu,
peu à peu embrumant les choses. Et des gouttes
d'eau, d'abord très fines, avaient commencé de
tomber : la pluie, la vraie pluie, que l'Empereur était allé demander lui-même aux dieux
de la Corée, la veille au soir, en sacrifiant de
sa main un mouton, dans la campagne, sur un
rocher. Alors, il y avait eu changement à vue
dans la saugrenuité des foules ; en un clin
d'œil, ce pays était devenu le royaume de la
toile gommée, couleur jaune serin. Devant
l'entrée impériale, où stationnaient comme
toujours les chaises à porteurs de tant de grands
personnages, les valets prestement avaient mis
des capots en toile cirée jaune sur toutes ces
belles caisses laquées noir et or. Par-dessus
leur petit chapeau de clown, les passants avaient
tous posé en équilibre un immense cornet de
pareille toile cirée jaune ; les plus craintifs de
l'eau avaient aussi endossé une veste bouffante,
de même étoffe et de même couleur. Des parapluies larges, à mille plissures, toujours en
toile cirée jaune, s'étaient déployés partout
au-dessus des têtes. Et les robes de mousse-

line blanche, que l'on troussait le plus haut
possible, maintenant molles, fripées, s'emplis-
saient de crotte. Jusqu'au soir la pluie tomba
du ciel lourd, tomba tranquille et incessante.
Dans la rue boueuse, la foule circulait, aussi
pressée; seulement, de blanche qu'elle avait
coutume d'être, voici qu'elle venait de passer
au jaune uniforme, et les centaines de têtes,
avec leurs espèces de grands bonnets de ma-
gicien enfoncés jusqu'aux yeux, étaient à présent
des cônes bien pointus, sur lesquels ruisselait
l'averse.

Et enfin j'ai gardé souvenance d'un jeune
moineau, trop vite échappé du nid, qui ce
jour-là s'était abattu dans ma chambre, ne
pouvant plus voler tant il avait reçu de pluie
sur ses pauvres petites plumes neuves. Le lendemain matin, bien séché et réconforté, il s'en
alla par la fenêtre ouverte rejoindre ses frères,
moinillons de la même couvée, qui pépiaient
au beau soleil reparu, en face, perchés sur des
gnômes de plâtre et de faïence, à la frise du
portique impérial.

A LA COUR

A la Cour de Corée, quand j'y suis passé, la grande affaire à l'ordre du jour était la translation des restes de l'Impératrice, poignardée par des assassins, environ sept années auparavant, une nuit, dans son vieux palais. Les immuables rites exigeaient qu'étant morte de malemort, elle commençât par deux séjours prolongés en terre, dans deux trous différents, afin de n'arriver à sa dernière demeure, chez ses tranquilles ancêtres, qu'après s'être débarrassée, dans les provisoires sépultures, de certains démons très agités qui s'acharnent toujours aux cadavres des personnes assassinées. Or, l'époque était venue d'opérer le premier

transfert[1] ; avant de creuser la seconde fosse,
les trois grands nécromanciens de l'Empereur
avaient été consultés sur le choix du terrain,
— qui doit être friable, exempt de pierres et
même de cailloux ; mais voici qu'à cinq pieds
à peine on avait trouvé le rocher ! Les trois
nécromanciens donc avaient été sur-le-champ
condamnés à mort[2] ; cependant cela ne réparait
rien ; le lieu de la seconde sépulture n'en demeurait pas moins indéterminé ; aussi, paraît-il,
était-on fort perplexe, là, en face de chez moi,
derrière la muraille impériale.

Oh ! le vieux palais, où cette impératrice
mourut sous le couteau, et qui fut depuis la
nuit du crime abandonné avec terreur !... Un
matin de juin, par un beau soleil impassible,
quel curieux pèlerinage on m'y fit faire, — sous
la conduite de deux bonshommes en robe de
mousseline blanche et en petit « haut de forme »

1. Chacun de ces transports nécessite une voie dallée, établie
tout exprès ; chacune de ces étapes mortuaires exige un palais
spécial, construit sur le lieu du repos momentané ; à Séoul, les
gens bien documentés estimaient à une quarantaine de millions
la dépense totale de ces funérailles.

2. Peine commuée le lendemain en la déportation perpétuelle.

de crin noir ! Au milieu de parcs silencieux et
murés, qui déjà retournaient à la brousse, au
hallier primitif, c'était une confusion de lourds
bâtiments pompeux ou de kiosques frêles, tout
cela fermé et en pénombre sous de grands
stores ; quelque chose comme les quartiers de
la « Ville jaune » à Pékin, avec les mêmes toitures de faïence aux lignes courbes, les mêmes
terrasses de marbre ; à tous les perrons, des
monstres gardiens, accroupis comme là-bas,
mais ayant une figure *autre*, un rictus de férocité différente. Dans les cours dallées, l'herbe
des champs croissait entre les larges pierres
blanches ; parmi ces marbres, déjà très disjoints, mûrissaient de petites fraises sauvages,
que je cueillais en chemin et qui montraient
partout leurs gentilles taches rouges sur ces
blancheurs mornes. Il y avait aussi, entre des
murs ou des rochers naturels, quelques jardinets très enclos pour les mystérieuses prome-
nades des princesses de jadis ; parmi des
potiches et de prétentieuses rocailles, il y fleu-
rissait des pivoines, des roses, des iris, malgré
l'envahissement des ronces et des graminées

folles; les arbousiers, les cerisiers y semaient
par terre leurs fruits rouges, inutiles, perdus
même pour les oiseaux, qui ne semblaient
guère fréquenter dans ce palais de la peur. La
petite chambre du crime, sombre aussi et les
stores baissés, étalait un funèbre désordre :
boiseries brisées, noircies, comme léchées par
le feu. La grande salle d'apparat avait une
voûte à caissons, d'un rouge de sang, et partout
des peintures représentant les divinités et les
bêtes qui hantent le rêve des hommes d'ici ; le
trône de Corée, du même rouge sinistre, s'éle-
vait au milieu ; il se détachait, monumental,
sur une étrange peinture crépusculaire, déployée
comme la toile de fond d'un décor au théâtre,
où, dans des nuages d'or livide, une planète se
levait, large et sanglante, au-dessus de montagnes chaotiques.

L'Empereur donc, ne pouvant plus se sentir
dans ce palais, où il voyait des mains sans
corps et trempées dans du sang remuer autour
de lui dès qu'il faisait noir, avait ordonné la
construction de ce petit palais moderne et
mesquin, à l'autre bout de Séoul, près de la

concession européenne, là, en face de mon logis ; et tout s'en allait en ruine chez les somptueux ancêtres.

Dans un autre palais, encore plus ancien que celui du crime, nous nous étions ensuite rendus ce matin-là, roulés en des petites voitures par des hommes coureurs qui galopaient à toutes jambes. C'était très loin, par des quartiers morts, par de longues avenues de donjons noirs. Les cours, les dépendances, les jardins, les parcs occupaient un espace infini, toute une zone sacrée, interdite, à jamais inutilisable et perdue. Là encore il y avait des bâtiments immenses, posant sur des terrasses de marbre. Il y avait une salle du trône, abandonnée depuis deux ou trois siècles, où des centaines de pigeons, nichés à la voûte de laque rouge et n'attendant point notre visite, menaient au-dessus de nos têtes un bruit d'ailes effarées ; et ce plus vénérable trône se détachait lui aussi, comme le précédent, sur un paysage de cauchemar, avec des forêts, des cimes escarpées, et le lever d'une lune géante, ou de je ne sais quel fantôme d'astre sans rayons. Les chambres

des princesses étaient petites, sombres, sépul-
crales, ornées de peintures effrayantes, et on
se demandait comment les belles du vieux
temps avaient pu, dans cette obscurité, faire
leur toilette, revêtir leurs traînants atours.
Mais les parcs avaient une mélancolique gran-
deur, avec des bouquets de cèdres centenaires,
des lacs pleins de roseaux et de lotus, de vraies
solitudes, presque des horizons sauvages, en
pleine ville, dans l'enceinte des remparts ; les
bêtes y vivaient comme dans la brousse, les
hérons, les faisans, les cerfs et les biches ; — et
mes deux guides me contaient que pendant la
nuit les tigres, habitants obstinés des montagnes d'alentour, escaladaient les murs d'enclos
pour y venir faire la chasse.

* *
*

Trois ou quatre jours après mon arrivée à
Séoul, notre amiral y était venu lui-même, avec
d'autres officiers, pour une visite à l'Empereur.
Et un soir on nous avait vus tous en grande
tenue franchir le portique du palais nouveau.

15

La déception avait d'abord été complète pour nous en entrant là : aucune magnificence, ni même aucune étrangeté dans ces constructions modernes. Les nécromanciens, consultés sur l'appartement où il convenait de nous recevoir pour que notre visite n'eût point de consé-quences funestes, avaient obstinément indiqué une sorte de hangar, aux boiseries vert bronze avec quelques peinturlures vermillon ; on y avait jeté des tapis en hâte et apporté un grand paravent admirable, en soie blanche, seul luxe de cette salle ouverte. C'est devant ce fond d'un blanc d'ivoire, brodé et rebrodé de fleurs, d'oiseaux et de papillons, que nous étaient ap-parus l'Empereur et le prince héritier, debout tous les deux et dans une attitude consacrée, la main posant sur une petite table ; le père vêtu de jaune impérial, le fils, de rouge cerise. Leurs robes somptueuses, toutes brochées d'or, avec des pans comme des élytres, étaient rete-nues à la taille par des ceintures de pierreries. Quelques personnages officiels, interprètes et ministres, se tenaient à leurs côtés en robes de soie sombre. Et tous étaient coiffés de ce

haut bonnet, à antennes de scarabée, qui se
portait jadis à Pékin du temps des empereurs
mings, — et qui est du reste le seul emprunt
fait par les Coréens aux modes chinoises. Lui,
l'Empereur, un visage de parchemin pâle, très
souriant, avec des babines grises ; de tout petits
yeux mobiles et vifs ; beaucoup de distinction,
d'intelligence et de bonté. Le prince au contraire, le masque dur, l'air irrité et cruel, paraissait supporter à peine notre présence ; il
nous semblait que tout le temps son père fût
obligé de le calmer, d'un regard tendre et
suppliant, d'une parole douce prononcée à voix
basse, ou bien d'une main caressante qui prenait la sienne pour la reposer sur la petite
table et l'y maintenir. Qui dira les drames intimes, peut-être, entre ces deux fétiches soyeux,
l'un rouge et l'autre jaune ?

L'Empereur, dont la physionomie s'ouvrait
de plus en plus, interrogea l'amiral sur la guerre
de Chine, que nous venions de finir, sur nos
armements, nos cuirassés, nos torpilleurs, et,
après une audience très prolongée qui semblait
l'intéresser, nous congédia d'un salut courtois.

Il y eut ensuite, dans une salle toute neuve
et quelconque, bâtie spécialement pour les
réceptions d'Européens, un grand dîner offert
à notre amiral et à ses officiers, au ministre de
France et aux attachés de sa légation. Tous les
vins, tous les plats de chez nous, apportés ici
à grands frais; un dîner qui eût été de mise à
l'Élysée[1]. La seule note exotique, donnée par
les hauts bonnets étranges de quelques personnages de Cour, que le souverain, redevenu
invisible, avait délégués pour s'asseoir presque
silencieusement parmi nous. Mais nous savions
que dans la soirée le corps de ballet de l'Empereur devait danser pour nous distraire, et
c'était une attente si amusante!

En plein air, par la belle nuit douce, on
nous servit du café, des liqueurs, des cigares
sur une vaste estrade improvisée, recouverte
de tapis européens tout neufs et de draperies
clouées de frais. Au milieu de nos petites

1. C'est une vieille demoiselle française, d'ailleurs très respectable, qui est depuis longtemps attachée au service de
l'Empereur pour faire les commandes en Europe et ordonner
les repas.

tables, un large cercle restait vide, — sans doute pour ces danseuses attendues, mais qui ne paraissaient point. La musique de notre escadre, amenée par l'amiral pour distraire un moment le vieux souverain, jouait bruyamment je ne sais quelle banalité comme *les Cloches de Corneville* ou *la Mascotte*. Et on se serait cru à quelque fête foraine, n'importe où, excepté dans le palais haut muré d'un empereur de Séoul.

Mais sitôt que finit la musiquette sautillante, un orchestre coréen, que l'on ne voyait pas, préluda sans transition. L'air s'emplit de beuglements sinistres poussés par des trompes au timbre grave, que des tam-tam en différents tons accompagnaient de leur fracas. C'était brusque, imprévu, déroutant, mais si lugubre à entendre que l'on frissonnait plutôt que d'avoir envie de sourire. Et, durant la première minute de saisissement, deux énormes tigres, sortis comme d'une trappe, avaient bondi au milieu de nous, dans le cercle vide réservé aux danseurs. Deux tigres rayés de Mongolie, beaucoup plus grands que nature, des monstres artificiels en peluche noire et jaune, mus

chacun intérieurement par deux hommes dont
les jambes simulaient des pattes griffues. Leurs
grosses têtes rondes aux yeux louches, aux cri-
nières en chenille de soie, étaient interprétées
avec cette science du grimaçant et du féroce,
avec cet art transcendant du rictus qui est
spécial aux gens d'extrême Asie. L'orchestre
leur jouait quelque chose de triste et de sauvage qui ne ressemblait à rien de connu, mais
où l'on distinguait peu à peu d'habiles harmo-
nies. Et eux, les deux tigres, dansaient en mesure, une danse d'ours, en dandolinant leur
visage de férocité souriante.

Des acrobates parurent après, étonnamment
trapus, avec des cous de taureau, leurs robes
de mousseline blanche laissant transparaître
les saillies de leurs muscles épais. Quand ils
eurent fait des tours, ils se mirent en cercle
pour chanter : des petites voix d'oiseau ou de
cigale, des trilles sans fin exécutés à l'unisson
avec un ensemble parfait et une virtuosité rare,
sur des notes extra-hautes. De loin, cela devait
ressembler au bruissement joyeux que font les
insectes dans les foins, les beaux soirs d'été. —

On nous apprit que c'étaient des sous-officiers
de la garde, qui pour la circonstance s'étaient
mis *en civil.*

Des serviteurs apportèrent ensuite des gerbes
de pivoines artificielles, d'une grosseur invraisemblable; d'autres vinrent poser un petit arc
de triomphe en carton peint; — et c'étaient les
accessoires des danseuses tant désirées, qui
enfin parurent...

Une douzaine de petites personnes si drôles,
mièvres, pâlottes, avec des airs si pudiques
dans leurs robes longues! De minuscules figures
plates, des yeux bridés à ne plus pouvoir
s'ouvrir, d'invraisemblables édifices de cheveux
en torsade, représentant pour chacune la toison
d'une douzaine de femmes normales; et des
petits chapeaux bergère posés là-dessus! Quelque chose de notre xviiiᵉ siècle français se
retrouvait dans ces atours, d'une mode infiniment plus ancienne; elles avaient un faux air
de poupées Louis XVI. Jamais sous de tels
aspects on n'aurait imaginé des danseuses asia-
tiques; mais en Corée tout est saugrenu, impossible à prévoir.

Les yeux baissés, le visage inexpressif, elles exécutèrent d'abord une sorte de pas tragique, en brandissant des coutelas dans leurs mains frêles. Ensuite, ôtant leur petit chapeau rococo, elles firent un interminable jeu, d'une puérilité niaise. L'une après l'autre, avec des gestes mous et alanguis, elles venaient jeter une balle légère qui devait traverser le gentil portique de carton par un trou percé dans la frise; lorsque la balle passait bien, les autres poupées, avec mille grâces prétentieuses, s'empressaient à planter une pivoine monstre, comme récompense, dans les faux cheveux de l'adroite petite personne; si au contraire la balle ne passait pas, la coupable était punie d'une croix noire, que l'une de ses compagnes venait lui tracer à l'encre de Chine sur la joue, avec force mignardises.

A la fin, toutes étaient barbouillées, et toutes avaient, par-dessus l'extravagant chignon, un édifice de fleurs. C'était lassant, hypnotisant, la continuelle répétition des mêmes poses maniérées et des mêmes lenteurs voulues, au son de cette musique coréenne, non plus terrible et hurlante comme tout à l'heure pour la danse des tigres, mais mystérieusement tranquille, triste sans être plaintive, comme exprimant la résignation à l'immense ennui de la vie. C'était lassant, et malgré soi on regardait, on écoutait, on subissait un peu de fascination ; il y avait l'élégance dans tout cela, du rythme et de l'art lointain...

Le lendemain, nous quittâmes tous ensemble Séoul pour rejoindre l'escadre, chargés de présents par l'Empereur : quantité de paquets soigneusement enveloppés de papier de riz, et portant notre nom en coréen ; pour chacun de nous, un coffret en acier niellé d'argent et un autre en marbre vert, des stores d'une finesse exquise, des pièces de rabane et des peintures sur soie blanche, signées d'artistes connus dans le pays.

* *
*

Combien de temps encore subsistera l'étrange Corée ? A peine vient-elle de secouer le joug débonnaire de la Chine, voici que des me-

naces de tous côtés l'entourent : le Japon la
convoite comme une proie facile, à portée de la
main ; et du côté du nord, la Russie s'approche
à grands pas, à travers les steppes sibériens et
les plaines de Mandchourie. Le vieil Empereur,
longtemps momifié, commence de s'éveiller
dans l'effarement, à se sentir de jour en jour
plus enserré par la douce civilisation du genre
occidental. Il veut des chemins de fer, des
usines qui fument. Et vite il arme des soldats,
il fait venir des fusils, des canons, toutes ces
jolies choses que nous avons nous-mêmes *pour
tuer vite et loin.*

XLI

Trois mois ont passé. J'ai revu l'immense
Pékin de ruines et de poussière, j'ai fait ma
longue chevauchée aux tombeaux des Tsin, j'ai
visité l'empereur de Séoul et sa vieille cour.
Maintenant, je reviens, et les voici qui repa-
raissent, les gentils îlots annonciateurs du
Japon. Nous revenons, fatigués tous, et notre
cuirassé lourd, comme s'il était fatigué lui-
même, a l'air de se traîner sur les eaux
chaudes et sous le ciel accablant. Les orages
d'été couvent dans de grosses nuées sombres,
dont le pays est comme enveloppé.

On étouffe dans la baie de madame Prune, dans le couloir de montagnes, quand nous y entrons. Mais comme tout est joli ! Et puis je m'y reconnais mieux qu'à notre arrivée précédente ; j'y retrouve comme il y a quinze ans le concert infini des cigales, et aussi les magnificences de la verdure de juin. Ah ! la verdure annuelle, comme elle écrase de sa fraîcheur la nuance de ces arbres d'hiver, cèdres, pins ou camélias, qui régnaient seuls ici, quand nous étions venus en décembre.

Ce ne sont pas, dirait-on, les mêmes figures de matelots, bien saines et bien rondes, que le *Redoutable* ramène à Nagasaki ; il y en a vraiment qu'on ne reconnaît plus. Notre équipage a longuement souffert, sur l'eau remuante et empestée de Takou, souffert surtout de la mauvaise chaleur et de l'enfermement, plus encore que des manœuvres pénibles et de la dépense continuelle de force. Sous le soleil de Chine, vivre six ou sept cents dans une boîte en fer où d'énormes feux de charbon restent allumés nuit et jour, entendre un éternel tapage augmenté par des résonnances de métal,

recevoir de l'air qui a déjà passé par des centaines de poitrines et qu'une ventilation artificielle vous envoie à regret, respirer par des
trous, être constamment baigné de sueur!...
Il était temps d'arriver ici, où l'on pourra se
détendre, marcher, courir, oublier.

Près de quatre heures du soir, quand je puis
enfin mettre pied à terre. Dans la rue, je trouve
jolies toutes les mousmés; tant de verdure et
de fleurs m'enchante; après la Chine grandiose
et lugubre, aux visages fermés et maussades,
chacune de ces petites personnes que je regarde
ici me donne envie de rire, comme ces petites
maisons, ces petits bibelots et ces petits jardins.
— Et on va se reposer un mois dans cette île :
mon Dieu, que la vie est donc une chose amusante!

Trop tard pour aller dans la montagne d'Inamoto, qui ne m'attend point; j'irai donc d'abord
remplir mes devoirs de famille, saluer madame
Renoncule et mes belles-sœurs; ensuite je mon-
terai chez ma petite amie Pluie-d'Avril, —
et peut-être, qui sait, chez madame Prune,
car je me sens dans l'esprit ce soir un

certain tour drolatique et badin qui m'y attire.

La rue ascendante qui mène à la maisonnette de la danseuse est solitaire, comme toujours, et triste cette fois, sous le ciel orageux et sombre, avec ces touffes d'herbes, signes de délaissement, que le mois de juin a semées çà et là entre les dalles. A cette porte, là-bas, ce gros chat assis avec dignité et regardant passer les hirondelles, si je ne m'abuse, c'est bien M. Swong-san, le minois pompeusement encadré par sa fraise à la Médicis, en mousseline tuyautée, qu'une rosette attache sous le menton. Et, derrière ce châssis de papier qui vient de s'ouvrir, au premier étage, cette petite fille en robe simplette, qui se retrousse les manches, un savon à la main, pour barboter des deux bras dans une cuve de porcelaine; c'est Pluie-d'Avril, la petite fée des maisons-de-thé et des temples, vaquant aujourd'hui à de menus soins d'intérieur, comme la dernière des mousmés.

Et qu'elle est mignonne, surprise ainsi! Je ne l'avais jamais vue dans cette humble robe de coton bleu, ni ne me l'étais représentée lavant elle-même ses fines chaussettes à orteil séparé, faisant acte de ménagère économe. Pauvre petite saltimbanque, somme toute, malgré ses falbalas de métier, pauvre petite, obligée peut-être de compter beaucoup pour faire marcher le ménage à trois : elle, la vieille dame et le chat...

Vite elle veut s'habiller, un peu confuse, mettre une belle robe pour m'offrir le thé :

— Non, je t'en prie, garde ton costume d'enfant du peuple, ma petite Pluie-d'Avril ; je te trouve plus réelle ainsi, et plus touchante; reste comme ça !

En montant chez madame Prune, une sorte de pressentiment m'était venu du trop galant spectacle qui pouvait m'y attendre. C'était l'heure de la baignade, que les Nippons, les soirs d'été, pratiquent sans mystère. Dans ce haut faubourg, où les mœurs sont demeurées plus simples qu'en ville, cela se passait encore au temps de Chrysanthème; des personnes sans malice, tant d'un sexe que de l'autre, se rafraîchissaient dans des cuves de bois, ou des jarres

de terre cuite, posées sur les portes ou dans
les jardinets, et leurs visages, émergeant de
l'eau claire, témoignaient d'un innocent bien-
être... Si madame Prune aussi, me disais-je,
allait être dans son bain !...

Et elle y était !

Quand j'eus fait tourner le mécanisme à
secret du portillon, j'aperçus dès l'abord une
cuve, qui m'était depuis longtemps connue, et
d'où s'échappait une nuque charmante, comme
sortirait une fleur d'un bouquetier. Et la bai-
gneuse, spirituelle et enjouée même dans les
occurrences les plus prosaïques de la vie, s'a-
musait gracieusement toute seule à faire :
« Blou, blou, blou, brrr ! » en soufflant à grand
bruit sous l'eau.

XLII

Combien c'est changé dans les sentiers de la montagne ! Une folle végétation herbacée a tout envahi ; elle a presque submergé les tombes, comme une innocente et fraîche marée verte, venue en silence de partout à la fois. Quand je monte aujourd'hui chez la mousmé Inamoto, sous un ciel pesant et chargé d'averses, mes pieds s'embarrassent dans les gramens, les fougères, et, le long du mur qui enferme le bois, on ne voit plus la foulée que j'avais faite.

La mousmé Inamoto, je ne me figurais pas qu'elle serait là, à m'attendre, et je me sens

16

tout saisi d'apercevoir, au-dessus du mur gris,
son front, ses deux yeux qui me regardaient
venir.

— C'est moi que tu attends ? Tu savais donc?

— Hier, dit-elle, quand les canons ont tiré,
j'ai reconnu le grand vaisseau de guerre français. Il n'y a que le tien si grand et peint en
noir.

Moi qui craignais de ne pas la retrouver, ou
d'être désenchanté en la revoyant! Je crois
seulement qu'elle a un peu grandi, comme les
fougères de son parc, mais elle est même plus
jolie, et j'aime encore davantage l'expression
de ses yeux.

De nouveau nous voilà donc ensemble et à
l'abri de l'autre côté du mur; installés sur la
terre et les herbages, la tête pleine de choses
que nous voudrions exprimer, mais obligés
de nous en tenir à des mots bien simples, à
des tournures bien enfantines, qui ne rendent
plus rien du tout.

Et à peine suis-je assis, pan, je reçois une
claque sur la main gauche, pan, une autre sur
la main droite. « Qu'est-ce qui te prend, petite

mousmé? Autrefois tu étais si correcte. » Ah!
les moustiques... Cet hiver ils n'étaient pas
nés. En une minute, sortis par centaines des
épaisses verdures, les voici assemblés autour
de nous comme un nuage, et c'est pour m'en
débarrasser, toutes ces gifles amicales. Alors,
moi aussi je lui rendrai la pareille, et pan sur
ses mains, et pan sur ses bras nus, où chaque
piqûre fait une grosse cloche instantanée,
plus rose que l'ambre de sa chair... Avec la
plupart des dames nipponnes de ma connaissance, un tel jeu dégénérerait tout de suite;
avec madame Prune par exemple, je ne m'y
aventurerais point; mais, avec Inamoto, cela
ne risque pas d'être plus qu'un chaste enfantil-
lage.

— Demain, dit-elle, j'apporterai deux éventails, un pour toi, un pour moi; s'éventer très
fort, c'est ce qu'il y a de mieux; comme ça ils
s'en vont tous.

XLIII

Madame L'Ourse, elle, n'a point grandi comme la mousmé Inamoto, mais il me semble qu'elle s'est encore défraîchie et que son sourire, toujours prometteur, me montre des dents plus longues. Cependant je continue de fréquenter sa vieille petite boutique, aux poutres noircies et mangées par le temps, d'abord parce qu'elle est sur le chemin de la nécropole surplombante, presque dans son ombre, ensuite parce qu'on y trouve maintenant ces beaux lotus, qui sont incomparables dans les vieux cloisonnés de ma chambre de bord. — Je suis persuadé que cer-

taines formes très anciennes des vases de
Chine furent inventées uniquement pour les
lotus.

Fleurs de juin et de juillet, fleurs de plein
été, ces grands calices roses épanouis sur tous
les lacs japonais. Madame Chrysanthème jadis
en mettait chaque matin dans notre chambre,
et leur senteur, plus encore que la guitare
triste de ma belle-mère, me rappelle le temps
de mon ménage de poupée, — au premier étage,
au-dessus de chez M. Sucre et madame Prune.

Mais avions-nous autrefois, dans cette baie,
une si énervante chaleur? Je n'en ai pas souvenance, non plus que de ces accablants ciels
d'orage. On étouffe entre ces montagnes. Nos
pauvres matelots fatigués ne reprennent point
leur mine, loin de là; Nagasaki, en cette saison,
est un mauvais séjour pour des anémiés de
Chine qui doivent continuer de vivre, ici
comme là-bas, dans une caisse en fer. Entre
autres, on vient d'emporter à l'hôpital le fiancé
breton qui m'avait confié la petite caisse de
présents et la robe blanche. Quant à notre
amiral, que le Japon avait miraculeusement

remis lors de notre dernier voyage, voici qu'il
nous inquiète de nouveau; lui qui, à la fin de
l'hiver, avait retrouvé son bon air de gaîté —
et ne manquait jamais, quand je rentrais à
bord, de s'informer, sur différents tons impaya-
blement graves, de la santé de madame Prune,
— on ne l'entend plus plaisanter ni rire; les
plis de lassitude et de souffrance ont reparu
sur sa figure.

XLIV

Une déception de cœur m'attendait aujour-
d'hui au temple du Renard, chez madame La
Cigogne, à qui je m'étais fait un devoir d'aller
sans plus tarder offrir mes hommages d'arrivée.

Par un temps lourd, sous ces nuées basses
emplies d'orage qui ne. nous quittent plus,
j'avais pris les sentiers de l'ombreuse montagne.
Ils étaient tout changés, comme ceux qui
mènent chez Inamoto, tout envahis d'herbes
folles et de longues fougères; on y rencontrait de
grands papillons singuliers, qui se posaient
avec des airs prétentieux sur les plus hautes

tiges, comme pour se faire voir; on y respirait
une humidité chaude, saturée de parfums de
plantes; sous la voûte des verdures étonnamment épaissies, tout semblait tiède et mouillé;
on se serait cru en pays tropical à la saison
malsaine.

En arrivant là-haut, j'avais aperçu de loin
madame La Cigogne, comme aux aguets, sous sa
véranda qui était enguirlandée des mêmes
roses qu'en hiver, toujours ces roses pâlies à
l'ombre des arbres, mais plus largement épa-
nouies en cette saison, plus nombreuses, et
s'effeuillant sur le sentier, comme des fleurs
qui seraient en train de mourir pour s'être trop
prodiguées.

Toutefois cette dame n'avait manifesté qu'avec
froideur en me voyant approcher, et s'était
contentée de m'indiquer une humble place
dans un coin.

Ses yeux restaient fixés, là-bas en face de
nous, sur le temple ouvert où trois dames de
qualité, accompagnées d'un petit garçon de
quatre ans au plus, venaient de tomber en
oraison, après avoir sonné le grelot de bois de

mandragore suspendu à la voûte, sonné, sonné
à toute volée, comme pour une communication
urgente au Dieu de céans. C'étaient visiblement
des personnes très cossues, appartenant à un
monde où mes relations ne m'ont pas permis
de me faire présenter. Face à l'autel, agenouillées
et à quatre pattes, elles s'offraient à nous vues
de dos, ou plutôt de bas de dos, et leurs pros-
ternements le nez contre le plancher nous révé-
laient chaque fois des dessous d'une élégance
on ne peut plus comme il faut. Leur enfant,
juponné en poupée, semblait prier comme
elles avec une conviction touchante; mais,
chez lui au contraire, les dessous avaient été
supprimés, à cause de la température sans
doute, et, à chacun de ses plongeons, sa robe
de soie se relevait pour nous montrer, avec
une innocente candeur, son petit derrière.

Que pouvaient-elles bien avoir à solliciter du
Dieu étrange, symbolisé sur l'autel par ces
deux ou trois objets aux formes d'une simplicité si mystérieuse? Quelles conceptions particulières de la divinité tourmentaient leurs
petits cerveaux, sous leurs coques de cheveux

bien lustrées? Quelles angoisses de l'au-delà et de la grande énigme les retenaient tant de minutes à genoux devant ce Dieu si inattentif, si fuyant et mauvais, qu'il fallait constamment rappeler à l'ordre en claquant des mains ou en ressonnant la cloche de madragore?...

Elles se relevèrent enfin, leur dévotion finie, et ce fut un instant d'anxiété pour madame La Cigogne, qui, de plus en plus en arrêt, s'avança jusque dans le chemin. Viendraient-elles se restaurer dans l'humble maison-de-thé, les si belles dames, ou bien redescendraient-elles simplement vers Nagasaki, par le sentier de mousses et de fougères?...

Oh! joie!... Plus d'hésitation, elles venaient! Alors madame La Cigogne tomba soudain à quatre pattes, le visage extasié, murmurant à mi-voix des choses obséquieuses qui coulaient comme l'eau d'une fontaine.

Elles étaient du reste agréables à regarder venir, les visiteuses, agréables à regarder franchir le torrent, par le vieil arceau de granit tout frangé de branches retombantes. Jolies toutes trois, les yeux bridés juste à point pour im-

primer à leur figure le sceau de l'extrême Asie ;
fines et presque sans corps, habillées de soies
rares, qui tombaient en n'indiquant point de
contours et dont les traînes, garnies de bourrelets, s'étalaient avec une raideur artificielle ;
coiffées et peintes à ravir, comme les dames que
représentent les images de la bonne époque purement japonaise. La pagode ouverte, derrière
elles formait un fond d'une religiosité ultra-
bizarre et lointaine. Au-dessus, c'était la demi-
nuit des ramures, des feuillées touffues et d'un
coin de montagne qui s'enfonçait dans les grosses
nuées très proches. Au-dessous, c'était la dégringolade rapide du torrent et du sentier, plongeant
tous deux côte à côte dans une obscurité plus
sombrement verte encore, sous des futaies
plus serrées, — parmi ces roches polies,
grisâtres, qui semblent des fronts ou des dos
d'éléphants, vautrés dans l'épaisseur des fougères.

Elles s'avançaient doucement, les trois belles
dames, avec des vagues sourires, l'âme peut-être
encore en prière chez le Dieu qui règne ici. Et
les gentilles cascades, enfouies sous les herbes

et les scolopendres, leur jouaient une marche
d'entrée calme et discrète, comme en tapotant
sur des lames de verre.

A la place d'honneur elles s'assirent, et madame La Cigogne, toujours à quatre pattes, reçut
de leur part une commande longue, bourrée de
détails, confidentielle même, semblait-il, et en-
tremêlée de saluts, que l'on n'en finissait pas de
s'adresser et de se rendre. J'observai que l'on
ne se parlait qu'en *dégosarimas*, ce qui est la
manière la plus élégante, et ce qui consiste,
comme chacun sait, à intercaler ce mot-là entre
chaque verbe et sa désinence. Je n'avais jamais
entendu madame La Cigogne s'exprimer avec
autant de distinction, ni s'affirmer si femme du
monde.

Mais qu'est-ce qu'elles avaient bien pu com-
mander, ces dames ? Madame La Cigogne, maintenant affairée, venait de se retrousser les manches, de se laver les mains à la source jaillissant
du plus voisin rocher, et commençait de pétrir
à pleins doigts, dans une grande cuve de porcelaine, une matière dense, lourde et noirâtre,
qui semblait très résistante.

De ce pétrissage résultèrent bientôt une vingtaine de boules sombres, grosses comme des oranges; madame La Cigogne, qui les avait tant tripotées, paraissait ne plus oser les toucher du bout de l'ongle, maintenant qu'elles étaient à point; pour éviter même un frôlement, elle les servit aux dames à l'aide de bâtonnets, avec des précautions de chatte qui a peur de se brûler; et ces boules faisaient pouf, pouf, en tombant dans les assiettes, comme des choses très pesantes, comme des pelotes de mastic ou de ciment.

Après avoir grignoté quelques menues sucreries, chacune de ces femmes distinguées, avec mille grâces, avala une demi-douzaine de ces objets compacts et noirs. Des autruches en seraient mortes sur le coup. L'enfant aux dessous simplifiés en avala trois. Et, quand il s'agit de régler, ce fut un dialogue dans ce genre :

— Combien dégosarimas vous devons-nous[1] ?

---

1. Ikoura degosarimaska ? — Itchi yen ni djou sen degosarimas.

— C'est dégosarimas deux francs soixante quinze.

Mais bien entendu la grossière traduction que j'en donne n'est que trop impuissante à rendre le jeu des intonations adorables, tout ce que madame La Cigogne, rien que par sa façon de filer chaque syllabe, sut mettre de ménagements discrets dans la révélation de ce chiffre, et sa révérence un peu mutine, esquissée sur la fin de la phrase pour y ajouter du piquant, l'agrémenter d'un tantinet de drôlerie.

Ces dames, ne voulant pas être en reste de belles manières, offrirent alors l'une après l'autre leurs piécettes de monnaie, le petit doigt levé, imitant l'espièglerie d'un singe qui présenterait un morceau de sucre à un autre singe en faisant mine de le lui disputer par petite farce amicale...

Il n'y a qu'au Japon décidément que se pratique l'aimable et le vrai savoir vivre !

Quand les belles se furent enfin retirées, madame La Cigogne, après un long prosternement final, essaya bien de se rapprocher de moi et de m'amadouer par quelques chatteries. Mais le

coup étàit porté. Je savais maintenant n'être
pour elle qu'un de ces flirts que l'on avoue à
peine devant les personnes vraiment huppées
de la clientèle.

XLV

Les papillons du sentier de madame La Cigogne n'étaient encore que de vulgaires insectes,
comparés à celui qui paradait ce soir au-dessus
du jardinet de ma belle-mère.

Dans le demi-jour habituel de la maison,
nous prenions le thé de quatre heures assis sur
les nattes blanches, à même le plancher, agitant
négligemment des éventails, tant pour nous ra-
fraîchir que pour intimider quelques moustiques indiscrets. Madame Prune, — car elle
était là, s'étant remise à fréquenter assidûment
chez madame Renoncule depuis mon retour

dans le pays, — madame Prune, si sujette aux
vapeurs pendant la période caniculaire, écartait
d'une main les bords de son corsage afin de
s'éventer l'estomac, et faisait ainsi pénétrer
dans son intimité d'heureux petits souffles
fripons, que toutefois la ceinture serrée à la
taille empêchait pudiquement de se risquer
trop bas. Trois de mes jeunes neveux, enfants
de cinq ou six ans, étaient assis avec nous,
bien sages et luttant contre le sommeil. Nous
regardions tous, comme toujours, l'éternel
paysage factice, qui est l'orgueil du logis, les
arbres nains, les montagnes naines, se mirant
dans la petite rivière momifiée aux surfaces
ternies de poussière. Un rayon de soleil passait
au-dessus de ces choses nostalgiques, sans les
atteindre, une traînée lumineuse qui n'effleu-
rait même pas la cime des rocailles verdies de
moisissure, des cèdres contrefaits aux airs de
vieillard, et rien, dans ce site morbide, ne
laissait prévoir la visite du papillon qui nous
arriva tout à coup par-dessus le mur. C'était
un de ces êtres surprenants, que font éclore
les végétations exotiques : des ailes découpées,

extravagantes, trop larges, trop somptueuses
pour le frêle corps impondérable qui avait peine
à les maintenir. Cela volait gauchement et pré-
tentieusement, jouet de la moindre brise qui
d'aventure aurait soufflé; cela restait, comme
avec intention, dans le rayon de soleil, qui en
faisait une petite chose éclatante et lumineuse,
au-dessus de ce triste décor tout entier dans
l'ombre morte. Et le voisinage de ce trompe-
l'œil, qu'était un tel jardin de pygmée, donnait
à ce papillon tant d'importance qu'il semblait
bien plus grand que nature. Il resta longtemps
à papillonner pour nous, à faire le précieux et
le joli, sans se poser nulle part. En d'autres
pays, des enfants qui auraient vu cela se
seraient mis en chasse, à coups de chapeau,
pour l'attraper; mes petits neveux nippons, au
contraire, ne bougèrent pas, se bornant à regarder; tout le temps, les cercles d'onyx de
leurs prunelles roulèrent de droite et de gauche
dans la fente étroite des paupières, afin de
suivre ce vol qui les captivait; sans doute em-
magasinaient-ils dans leur cervelle des docu-
ments pour composer plus tard ces dessins,

ces peintures où les Japonais excellent à
rendre, en les exagérant, les attitudes des insectes et la grâce des fleurs.

Quand le papillon eut assez paradé devant
nous, il s'en alla, pour amuser ailleurs d'autres
yeux. Et jamais je n'avais si bien compris qu'il
y a d'innocents petits êtres purement décora-
tifs, créés pour le seul charme de leur coloris
ou de leur forme... Mais alors, tant qu'à faire,
pourquoi ne les avoir pas inventés plus jolis
encore? A côté de quelques papillons ou
scarabées un peu merveilleux, pourquoi ces
milliers d'autres, ternes et insignifiants, qui
sont là comme des essais bons à détruire?

Rien n'est déroutant pour l'âme comme
d'apercevoir, dans les choses de la création, un
indice de tâtonnement ou d'impuissance. Et
plus encore, d'y surprendre la preuve d'une
pensée, d'une ruse, d'un calcul indéniables,
mais en même temps naïfs, maladroits et à vue
courte. Ainsi, entre mille exemples, les épines
à la tige des roses semblent bien témoigner
que, des millénaires peut-être avant la création
de l'homme, on avait prévu la main humaine,

seule capable d'être tentée de cueillir. Mais
alors pourquoi n'avoir pas su prévoir aussi le
couteau ou les ciseaux, qui viendraient plus
tard déjouer ce puéril moyen de défense?...

Ma belle-mère, après le départ du papillon,
avait retiré de l'étui de soie rouge sa longue
guitare, qui maintenant me charme ou m'angoisse. Les cordes commencèrent à gémir quelque chose comme un hymne à l'inconnu. Et
les prunelles d'onyx des trois enfants, qui
n'avaient plus à regarder que le jardin vide,
s'immobilisèrent de nouveau ; mais ils ne s'en-
dormaient plus ; leurs jeunes cervelles félines,
sournoises et sans doute supérieurement lucides,
s'intéressaient à l'énigme des sons, se sentaient
en éveil et captivées, sans pouvoir bien définir...

De tous les mystères au milieu desquels
notre vie passe, étonnée et inquiète, sans jamais
rien comprendre, celui de la musique est, je
crois, l'un de ceux qui doivent nous confondre
le plus : que telle suite ou tel assemblage de
notes, — à peine différent de tel autre qui
n'est que banal, — puisse nous peindre des
époques, des races, des contrées de la terre ou

d'ailleurs; nous apporter les tristesses, les effrois d'on ne sait quelles existences futures, ou peut-être déjà vécues depuis des siècles sans nombre; nous donner (comme par exemple certains fragments de Bach ou de César Franck) la vision et presque l'assurance d'une survie céleste; ou bien encore (comme ce que me chante la guitare de cette femme), nous faire entrevoir les dessous féroces, épeurants et à jamais inassimilables, de toute japonerie...

XLVI

RAPATRIEMENT DE ZOUAVES

Août.

« Amiral,

» Je reçois votre dépêche et viens de la communiquer à notre bataillon ; il a poussé un hourra en votre honneur.

» Vous ne vous étiez pas trompé, le salut de notre drapeau était le salut de la 2ᵉ brigade à nos frères de la flotte qui, après nous avoir si bien tracé notre devoir au début de la campagne, ont ensuite pendant des mois accepté la charge lourde, pénible et ingrate d'assurer notre bien-être.

» Mais, dans l'esprit de tous, ce salut devait aussi et surtout aller à vous, amiral, dont nous avons senti vibrer l'ardent amour de la patrie, à vous que nous aimons tous et que aurions été heureux de servir... Etc.

» LE COLONEL ***

» Commandant le *** régiment de marche. »

Quand j'ai relu cette lettre toute militaire, toute simple et vibrante aussi, que notre cher amiral a gardée parmi ses papiers de souvenir, la scène de ce départ de zouaves s'évoque soudainement à ma mémoire.

Un cadre sinistre, extra lointain : le golfe de Petchili. Une mer inerte, sous la lourdeur d'un ciel incolore qui semblait couver de la fatigue et de la fièvre. Et là tout à coup, dans l'atmosphère sourde, au milieu du silence accablé, une clameur magnifique et jeune ; quelques centaines de naïfs enfants de France, donnant de la voix éperdument, tandis que s'inclinaient sous leurs yeux, pour un adieu grandiose, ces loques sublimes qui s'appellent des drapeaux.

Ceux qui criaient ainsi à pleine poitrine étaient des matelots et des zouaves. Les zouaves s'en retournaient vers leur village natal, ou

vers leur seconde patrie algérienne. Les matelots, eux, restaient; pendant de longs mois
indéterminés, leur exil devait durer encore. Et
cela se passait, ces hourras et cet adieu, au
fond d'un golfe étouffant de la mer Jaune, à la
saison des orages de juillet, pendant l'horrible
canicule chinoise. Notre *Redoutable* — tandis
que son équipage, pour une minute, se grisait
ainsi de juvénile enthousiasme — languissait
immobile, semblait mort, entre les eaux couleur de boue et le ciel plombé; et, comme
chaque jour, ses murailles de fer condensaient
la chaleur mouillée où s'anémiaient à la longue
les robustes santés et pâlissaient les pauvres
figures de vingt ans. Au contraire, le paquebot
plus léger, qui allait emporter ce millier de
zouaves, évoluait en ce moment avec un air
d'aisance sur la mer amollie; il manœuvrait
de façon à passer à poupe de notre cuirassé
énorme, pour ce salut que doivent à l'amiral
ceux qui ont fini et qui vont partir.

Nous connaissions de longue date ces zouaves-
là, et une sorte de fraternité particulière les
unissait à nos hommes. C'est nous qui, l'année

précédente, les avions installés, au pied de la
Grande Muraille, dans le fort chinois où ils
avaient habité durant l'hiver ; c'est nous ensuite
qui avions assuré leur ravitaillement et leurs
communications avec le reste du monde, dans
ce recoin perdu. Quand enfin quelques-uns des
leurs étaient tombés sous les balles russes,
nous étions venus assister aux funérailles,
notre amiral lui-même conduisant le deuil —
un cortège que je revois encore, sous les nuages
blêmes d'un matin de novembre, aux premiers
frissons de l'automne, pendant que s'effeuil-
laient sur nous les tristes saules de la Chine...
Et, en reconnaissance de cela et de mille
choses, leur bataillon s'appelait « le bataillon
de l'amiral Pottier ».

Maintenant l'heure sonnait pour eux de
quitter l'affreux Empire jaune. A part une
vingtaine, qui dormaient en terre d'exil, dans
le petit cimetière improvisé de Ning-Haï, ils
s'en retournaient vers l'Europe. Nos matelots,
toute la nuit d'avant, sur une mer remuée et
dangereuse, avaient peiné pour embarquer
leurs munitions, leurs bagages, — et ils avaient

fait cela avec l'abnégation habituelle, sans un
murmure, sans se demander : « Pourquoi s'en
vont-ils, les zouaves ; pourquoi s'en vont-ils,
tous les soldats, tandis qu'il n'est pas question
de retour pour nous, les marins, fatalement
voués, de par les conditions mêmes de cette
campagne très spéciale, aux besognes obscures
et aux épuisantes fatigues?... »

Donc, le paquebot qui portait « le bataillon
de l'amiral Pottier » s'approchait tranquillement du *Redoutable*, tous les zouaves sur le
pont, en rangs serrés, tournant vers nous des
centaines de têtes brunies, coiffés du bonnet
écarlate. C'était au déclin d'un soleil qu'on ne
voyait pas, mais qui diffusait de mauvaises
lueurs rougeâtres dans le ciel épais et sur la
mer boueuse ; le cercle de l'horizon restait im-
précis, perdu dans les vapeurs de ces orages
qui menaçaient toujours, sans fondre jamais ;
et, çà et là, de monstrueuses fumées noires,
comme des haleines de volcan, soufflées par
des navires de guerre, complétaient la laideur
lugubre des aspects qui nous furent familiers
durant plusieurs mois dans le golfe de Takou.

Cependant on avait fait monter tous nos
matelots pour regarder partir les zouaves. Et
quand, en leur honneur, la musique du *Redoutable* entonna *la Marseillaise*, on vit d'abord, sur
ce paquebot qui s'approchait, les centaines de
bonnets rouges tomber, d'un même mouvement
d'ensemble, découvrant le velours des cheveux
ras sur les têtes brunes ou blondes ; ensuite
s'élevèrent les habituelles clameurs : « Vivent
les marins ! Vive l'amiral ! » — les matelots
répondant : « Vivent les zouaves ! »

Au commandement, ou au sifflet des maîtres
de manœuvre, ces immenses cris étaient réglés,
de manière qu'ils partaient à l'unisson et que
les paroles s'entendaient claires. Et le beau
fracas de ces voix d'hommes couvrait le bruit
des tambours et des cuivres, ébranlait chaque
fois l'air morne, pendant que s'abaissaient et
se relevaient lentement, pour un salut, les
pavillons des deux navires, leurs larges éta-
mines tricolores, éclatantes ce soir-là sur les
nuances tristes de la mer et du ciel.

Mais, comme encore cela ne dépassait pas le
cérémonial coutumier des départs, le comman-

dant des zouaves improvisa une chose qui ne s'était jamais vue : en passant à l'arrière du cuirassé, sous la galerie où se tenait notre amiral, faire déployer le drapeau du bataillon, son drapeau d'Afrique et l'incliner devant lui.

Alors, à cette apparition, qu'on n'attendait pas, du vieux fétiche aux trois couleurs, les hourras plus formidables s'élevèrent à nouveau des mille poitrines de ces exilés, — venus ici, dans ce golfe morose, sacrifier sans une plainte des années de jeunesse et risquer d'y mourir.

Et tout cela, c'était de la beauté, de la vie : enthousiasme des jeunes, des braves, des simples, pour des idées simples aussi, mais superbement généreuses, — et sans doute éternelles, malgré l'effort d'une secte moderne pour les détruire...

Les cris finissaient et le silence retombait à peine, quand je fus averti par un timonier que l'amiral me demandait sur sa galerie :

— Je voulais savoir, me dit-il, si vous étiez sur le pont, si vous aviez assisté à ça... N'est-ce pas, c'était beau ?...

Et, tandis qu'il continuait de saluer en souriant le bateau des zouaves qui s'éloignait, je vis que ses yeux s'étaient voilés de larmes.

Il fut vite diminué à notre vue, leur paquebot, toute petite chose en fuite, traînant sa fumée noire vers les lointains de ce néant sans contours et de nuance neutre qui était la mer. Cela semblait invraisemblable que ce petit rien, noyé dans du vide infini, dût un jour atteindre la France, car on la sentait ce soir à des distances qui donnaient le vertige, derrière tant de continents et de mers ; on savait cependant qu'au bout d'un mois, de cinq ou six semaines, cela arriverait ; alors quelques-uns de ces matelots, qui criaient si joyeusement tout à l'heure, regardaient maintenant là-bas, au fond des grisailles du soir, la disparition de cet atome de paquebot, avec une expression de figure changée et, dans les yeux, une tristesse d'enfant.

XLVII

Vers le milieu de juillet, le *Redoutable* avait quitté Nagasaki, pour retourner en Chine, à Takou, son poste de souffrance. Ensuite, après deux mois de pénibles travaux, le rembarquement du corps expéditionnaire étant terminé, nous avons fait route vers le nord du Japon, afin que tout l'équipage pût respirer un peu d'air froid et salubre, avant de redescendre du côté de la Cochinchine, si énervante et chaude.

Et aujourd'hui, nous avons mouillé devant Yokohama, par un de ces temps frais qui rendent la vie aux anémiés. Nous aurions cependant préféré Nagasaki, mais il n'en est plus question dans le programme de cet hiver, et il faut sans doute en faire notre deuil, nous ne le reverrons plus.

Yokohama, il y quinze ans, c'était déjà la ville la plus européanisée du Japon. Et depuis, le bienfaisant *progrès* y a marché si vite, que c'est à n'y plus rien reconnaître. Dans les rues, que des fils électriques enveloppent à présent comme les mailles sans fin d'une immense toile d'araignée, quelle mascarade à faire pitié! Chapeaux melons de tous les styles, petits complets couleur puce ou couleur queue de rat, tous les vieux stocks de costumes invendables en Europe, déversés à bouche que veux-tu sur ces seigneurs, qui naguère encore se drapaient de soie. De vastes comptoirs modernes, où se liquident à la grosse, pour être exportés en Amérique, des imitations, des déformations truquées de ces objets d'art, trop maniérés à mon goût, mais singuliers et gracieux, que les Japonais jadis composaient avec tant de patience et de rêverie.

Des soldats, partout des soldats, des régiments en manœuvre, en parade; tout à la guerre.

Pour comble, au tournant d'une rue, me voici dépisté, interviewé, tout vif et en anglais, par un journaliste à figure jaune, qui porte jaquette et haut-de-forme... Alors, non, je rentre à bord, ne voulant plus rien savoir de ce Japon-là!...

XLVIII

Et j'ai tenu rigueur à cette ville et à ses entours jusqu'au départ.

Quelques-uns de mes camarades sont allés visiter le grand arsenal voisin ; ils y ont trouvé un empressement, des nuages de fumée noire comme au bord de la Tamise, et sont revenus stupéfaits de la quantité de navires et de machines de guerre que l'on y prépare fiévreusement nuit et jour.

D'autres sont allés à Tokio pour accompagner notre amiral à une réception de Leurs Majestés nipponnes. Dans les rues, ils ont croisé des bandes d'étudiants, qui manifestaient contre l'étranger, et l'un deux, renversé de son pousse-pousse par malveillance, s'est fracturé le bras. Ils ont vu l'Impératrice, sous la forme aujourd'hui d'une toute petite bonne femme, habillée à Paris par quelque bon faiseur, élégante encore malgré ce déguisement, demeurée jolie, même presque jeune sous son masque de plâtre, et conservant toujours cet air qu'elle avait jadis, cet air de déesse offensée de ce qu'on ose la regarder.

Mais combien je préfère ne l'avoir point revue, et en rester sur l'exquise image première : cette Impératrice Printemps, au milieu de ses jardins, environnée de chrysanthèmes fous, et dans des atours jamais vus, ne ressemblant à aucune créature terrestre.

Donc, je n'ai plus remis pied à terre, dans ce néo-Japon, tant qu'a duré notre escale.

Maintenant nous redescendons vers le sud, tout doucement, par la mer Intérieure, et ce soir, à la nuit tombante, nous venons de mouiller pour deux jours devant Miyasima, l'île sacrée, que régissent des lois spéciales et étranges. Elle nous apparaît en ce moment, cette île, comme un lieu de mystère qui ne veut pas se laisser trop voir. Ce doit être un bloc de hautes montagnes tapissées de forêts, mais nous en apercevons tout juste la base délicieusement verte, la partie qui touche aux plages et à la mer; tout le reste nous est dissimulé par des nuages gardiens et jaloux, qui pour un peu descendraient traîner jusque sur les eaux.

Contre toute attente, il paraît décidé que nous nous arrêterons deux ou trois semaines à Nagasaki en passant, pour des réparations au navire, et c'est presque une fête, de revoir tout ce gentil monde féminin, dans cette baie si jolie. Là au moins, tant de recoins du passé persistent encore! Et nous emplirons une dernière fois nos yeux, nos mémoires de mille choses finissantes, qui s'évanouiront demain, pour faire place à la plus vulgaire laideur.

Car enfin ce Japon n'avait pour lui que sa grâce et le charme incomparable de ses lieux d'adoration. Une fois tout cela évanoui, au souffle du bienfaisant « progrès », qu'y resterá-t-il? Le peuple le plus laid de la Terre, physiquement parlant. Et un peuple agité, querelleur, bouffi d'orgueil, envieux du bien d'autrui, maniant, avec une cruauté et une adresse de singe, ces machines et ces explosifs dont nous avons eu l'inqualifiable imprévoyance de lui livrer les secrets. Un tout petit peuple qui sera, au milieu de la grande famille jaune, le ferment de haine contre nos races blanches, l'excitateur des tueries et des invasions futures.

XLIX

Vraiment ces Japonais parfois vous confondent, vous forcent d'admirer tout à coup sans réserve, par quelque pure et idéale conception d'art ; alors on oublie pour un temps leurs ridicules, leur saugrenuité, leur vaniteuse outrecuidance ; ils vous tiennent sous le charme.

Par exemple, cette île sacrée de Miyasima, ce refuge édénique où il n'est pas permis de tuer une bête, ni d'abattre un arbre, où nul n'a le droit *de naître ni de mourir !*... Aucun lieu du monde ne lui est comparable, et les hommes qui, dans les temps, ont imaginé de la préser-

ver par de telles lois, étaient des rêveurs merveilleux.

Depuis hier, depuis que nous sommes venus
jeter l'ancre en face, le même ciel bas et obscur
ne cesse de peser sur l'île sainte; il nous la
dissimule en partie, il nous dérobe toutes ses
forêts d'en haut, comme ferait un voile posé
sur un sanctuaire, et cela ajoute encore à l'impression qu'elle cause : on dirait qu'elle com-
munique par le faîte avec le Dieu des nuages.

Une petite pluie chaude, qui mouille à peine
et qui semble parfumée aux essences de plantes
forestières, commence de tomber, quand je me
dirige aujourd'hui en baleinière vers la tranquille plage de cette Miyasima. Et je vois d'abord
des vieux temples, pour mieux dire des vieux
portiques de temples qui s'avancent jusque
dans l'eau, des portiques religieux, posés sur
pilotis et reflétés dans cette petite mer enclose,
qui n'a jamais de bien sérieuses fureurs. Je
vois un village aussi; mais il n'a pas l'air vrai,
tant les maisonnettes y sont gentiment arrangées parmi des jardinets de plantes rares; on
croirait un village sans utilité, inventé et bâti

pour le seul plaisir des yeux. Et au-dessus,
tout de suite l'épaisse verdure commence, l'in-
violable forêt séculaire, qui va se perdre dans
les nuées grises...

Une île d'où l'on a voulu bannir toute souffrance, même pour les bêtes, même pour les
arbres, et où nul n'a le droit de naître ni de
mourir !... Quand quelqu'un est malade, quand
une femme est près d'être mère, vite, on l'emmène en jonque, dans l'une des grandes îles
d'alentour, qui sont terres de douleur comme
le reste du monde. Mais ici, non, pas de plaintes,
pas de cris, pas de deuils. Et paix aussi, sécurité pour les oiseaux de l'air, pour les daims
et les biches de la forêt...

Me voici descendu sur la grève au sable fin,
et des verdures m'environnent de toutes parts,
d'humides verdures qui voisinent, au-dessus
de ma tête, avec le ciel bas, et plongent bientôt
dans le mystère des nuages. De chaque côté de
la rue ombreuse qui se présente à moi, s'ouvrent
des maisons-de-thé. Elles alternent avec de
mignonnes boutiques à l'usage des pèlerins,
qui affluent ici de tous les points de l'archipel

nippon ; on y vend des petits dieux, des petits
emblèmes, sculptés dans le bois de quelque
arbre, — mort de sa belle mort bien entendu,
sans quoi on ne l'aurait point coupé.

Une route vient ensuite, et me conduit à la
baie proche, qui joue un peu le rôle du tabernacle, dans cet immense lieu d'adoration qu'est
l'île entière. Une route empreinte de tant de
sérénité recueillie, qu'on s'étonne d'y rencontrer quelques passants, quelques Nippons pareils à ceux d'ailleurs, quelques mousmés qui
sourient, tout comme sur une route banale.
Du côté de la mer, elle est bordée par une file
de petits édicules religieux, en granit, qui se
succèdent comme les balustres d'une rampe, —
toujours ces mêmes petits édicules au toit cornu,
d'une forme inchangeable depuis les plus vieux
temps, et qui, d'un bout à l'autre du Japon,
annoncent l'approche des temples ou des nécro-
poles, éveillent pour les initiés le sentiment de
l'inconnu ou de la mort. Du côté de la montagne, on est dominé par les ramures qui se
penchent, les fougères qui retombent ; des
arbres dont on ne sait plus l'âge étendent des

branches trop longues et fatiguées, que l'on a pieusement soutenues avec des béquilles de bois ou de pierre; des cycas, qui seraient hauts comme des dattiers d'Afrique, mais qui s'inclinent, se courbent de vieillesse, ont des supports en bambou, des suspentes en cordes tressées, pour prolonger le plus possible leurs existences indéfinies. Et de vagues sentiers montent verticalement à travers ce royaume des plantes, vont se perdre dans les obscurités d'en haut, parmi les futaies trop épaisses, parmi les pluies, les orages toujours suspendus; — sentiers, ou peut-être simples foulées de ces bêtes de la forêt, qui sont innocentes, ici, et auxquelles personne ne fait de mal.

De temples, à proprement parler il n'y en a point ; c'est l'île qui est le temple, et, comme je disais, c'est la baie qui est le tabernacle. Pour la fermer aux profanes, cette baie de la grande sérénité ombreuse, des portiques religieux à plusieurs arceaux en gardent l'entrée, s'avancent comme d'imposantes et muettes sentinelles, assez loin dans la mer ; ils sont très élevés, très purs de style ancien, avec des

parties qui commencent à crouler par vétusté,
surtout vers la base, où ils reçoivent l'éternelle
caresse humide de Benten, déesse de céans.
Au-dessus de leur image éternellement renversée, qui les allonge de moitié, ils paraissent
immenses, et trop sveltes pour être bien réels.

On peut, si l'on veut, contourner la baie ;
mais le chemin des pèlerins la traverse sur un
pont sacré, que soutiennent des pilotis et que
recouvre dans toute sa longueur une toiture en
planches de cèdre. De chaque côté de cette
voie légère, en équilibre sur l'eau calme, les
emblèmes et les peintures mythologiques se
succèdent comme pour les stations d'une sorte
de chemin de croix ; il y en a d'un archaïsme
à donner le frisson ; on y voit surtout Benten,
la pâle et mince déesse de la mer, entourée de
ses longs cheveux comme des ruissellements
d'une eau marine.

Continuant de suivre la ligne des grèves, je
rencontre une étroite prairie à l'herbe de
velours, resserrée entre la plage et la montagne
à pic avec son manteau de verdure. Un hameau
de pêcheurs est là, d'une tranquillité paradi-

siaque, entouré d'altéas à fleurs roses. Devant
la porte de leurs cabanes, les hommes demi-
nus, aux musculatures superbes, raccommodent
leurs filets : on dirait une scène de l'âge d'or.
(Seuls les poissons ne bénéficient point de la
trêve générale; on les attrape et on les mange.
Ils constituent d'ailleurs la principale nour-
riture des Japonais, qui ne sauraient s'en
passer.)

Plus loin, une source jaillit dans un bassin
naturel, et voici une troupe de biches, avec
leurs faons, qui descendent de la forêt pour y
boire. Par crainte de les effaroucher, j'avais
d'abord ralenti le pas, mais je comprends bientôt qu'elles n'ont aucune frayeur. Et même,
l'instant d'après, nous nous trouvons cheminer
ensemble dans le même sentier d'ombre, elles
si près de moi que je sens leur souffle sur ma
main.

Le soir, quand je reviens, par la baie que
gardent les grands portiques dans l'eau, autre
compagnie de biches encore, qui s'amuse à
traverser le frêle pont sacré, entre les images
de dieux ou de déesses. Et, arrivées au bout,

les voilà prises d'une soudaine fantaisie de
vitesse, où la peur certainement n'entre pour
rien ; elles filent alors comme le vent, puis disparaissent dans les sentiers de la montagne
surplombante, et bientôt sans doute dans les
nuages proches, — où quelque divinité d'ici a
dû les appeler.

L

Nous repartons ce matin sans avoir aperçu
le sommet de l'île aux forêts, — le dôme,
pourrait-on dire, de cet immense temple vert,
— car le même rideau de nuées persiste à l'envelopper. Et bientôt disparaît l'abrupt rivage
si magnifiquement tapissé de verdure; disparaissent les portiques religieux, en sentinelle
aux abords, avec leurs longs reflets dans l'eau.

Nous nous en allons tranquillement sur cette
mer Intérieure, qui est comme un lac immense,
aux rives heureuses. Les grandes jonques
anciennes, qui ont des voiles pareilles à des

stores drapés, circulent encore en tous sens,
poussées aujourd'hui par une brise très douce,
d'une tiédeur d'été. Çà et là, au fond des gentilles baies, on aperçoit les villages proprets,
aux maisonnettes en planches de cèdre, avec
toujours, pour les protéger, quelque vieille
pagode perchée au-dessus, dans un recoin
d'ombre et de grands arbres. De loin en loin,
un château de Samouraïs : forteresse aux murailles blanches, avec donjon noir, — quelqu'un
de ces donjons à la chinoise qui ont plusieurs
étages de toitures et qui donnent tout de suite
la note d'extrême Asie. Et, dans ce Japon, les
cultures n'enlaidissent pas comme chez nous
la campagne; les champs, les rizières sont des
milliers de petites terrasses superposées; au
flanc des coteaux, on dirait, dans le lointain,
d'innombrables hachures vertes.

C'est déjà, pour un peuple, un rare privilège
et un gage de durée, d'être *peuple insulaire*;
mais surtout c'est une chance unique, d'avoir
une mer intérieure, une mer à soi tout seul où
l'on peut en sécurité absolue ouvrir ses arse-
naux, promener ses escadres.

LI

Avant de sortir ce matin de la mer Intérieure, nous nous étions arrêtés, les derniers
jours, dans quelques villages des bords; villages tous pareils, où semblait régner la même
activité physique, et la même tranquillité dans
les esprits. Des petits ports encombrés de
jonques de pêche et où l'on sentait l'âcre odeur
de la saumure. Des maisons tout en fine et
délicate menuiserie, d'une propreté idéale, gardant l'éclat du bois neuf. Une population alerte
et vigoureuse, singulièrement différente de celle
des villes, bronzée à l'air marin, bâtie en

force, en épaisseur, avec un sang vermeil aux
joues. Des hommes nus comme des antiques,
souvent admirables, dans leur taille trapue,
leur musculature excessive, ressemblant à des
réductions de l'hercule Farnèse. A vrai dire,
des femmes sans grace, malgré leur teint de
santé et leurs cheveux bien lisses; trop solides,
trop courtaudes, avec de grosses mains rouges.
Et d'innombrables petits enfants, des petits
enfants partout, emplissant les sentiers, s'amusant dans le sable, s'asseyant par rangées sur
le bord des jonques comme des brochettes de
moineaux. Ce peuple ne tardera pas à étouffer
dans ses îles, et fatalement il lui faudra se
déverser autre part.

Dans les campagnes, en s'éloignant de la
rive, même population laborieuse et râblée;
ce n'est plus à la pêche, ici, que se dépense la
vigueur des hommes; c'est aux travaux de
cette terre japonaise, dont chaque parcelle est
utilisée avec sollicitude. Les milliers de rizières
en terrasses, qu'on apercevait du large, sont
entretenues fraîches par des réseaux sans fin
de petits conduits en bambou, de petits ruis-

selets ingénieux; tout cela a dû coûter déjà
une somme de travail énorme, et atteste les
patiences héréditaires de plusieurs générations
d'agriculteurs aux infatigables bras.

C'est dans ces champs tranquilles que le
Mikado compte trouver, quand l'heure sera
venue, des réserves pour ses armées. Et ils
feront d'étonnants soldats, ces petits paysans
extra-musculeux, au front large, bas et obstiné,
au regard oblique de matou, sobres de père en
fils depuis les origines, sans nervosité et par
suite sans frisson devant la coulée du sang
rouge, n'ayant d'ailleurs que deux rêves, que
deux cultes, celui de leur sol natal et celui de
leurs humbles ancêtres.

Ils étaient des privilégiés et des heureux de
ce monde, ces paysans-là, jusqu'au jour où
l'affolement contagieux, qu'on est convenu
d'appeler le progrès, a fait son apparition dans
leur pays. Mais à présent voici l'alcool qui
s'infiltre au milieu de leurs calmes villages;
voici les impôts écrasants et augmentés chaque
année, pour payer les nouveaux canons, les
nouveaux cuirassés, toutes les infernales ma-

chines; déjà ils se plaignent de ne pouvoir
plus vivre. Et bientôt on les enverra, par milliers et centaines de milliers, joncher de leurs
cadavres ces plaines de Mandchourie, où doit
se dérouler la guerre inévitable et prochaine...
Pauvres petits paysans japonais!...

Donc, nous avons quitté aujourd'hui dans la
matinée ce délicieux lac du vieux temps qu'est
la mer Intérieure. Et ce soir, à nuit close,
nous sommes revenus mouiller dans la baie
aux mille lumières, devant la ville de madame
Prune, — autant dire chez nous, car à la
longue, il n'y a pas à dire, nous nous sentons
presque des gens de Nagasaki.

Une bonne nouvelle nous attendait du reste
à l'arrivée, une dépêche annonçant que le *Redoutable* rentrera en France au mois de janvier
prochain, après ses vingt mois de campagne. Et
tout le monde, officiers et matelots, s'est endormi dans la joie.

LII

Après beaucoup de tergiversations, de contre-
ordres, nous voici cependant de retour dans
ce Nagasaki, que je ne pensais plus jamais
revoir : je me dis cela, dès ce matin au réveil,
et, d'avance, je m'en amuse tant ! Au moins
trois semaines à y rester, et pendant la plus
délicieuse saison de l'année, les jardinets pleins
de fleurs, le tiède soleil d'octobre mûrissant
les mandarines et les kakis d'or, du haut d'un
ciel tout le temps bleu.

Mon empressement joyeux à m'habiller pour
aller courir est comme un regain de ce que

j'éprouvais, tout enfant, chaque fois que je venais d'arriver chez mes cousins du Midi, où se passaient mes vacances ; je ne tenais pas en place, le premier matin, dans ma hâte d'aller rejoindre mes petits camarades de l'autre été, d'aller revoir des coins de bois où l'on avait fait tant de jeux, des coins de vignes où l'on avait tant ri aux vendanges d'antan...

Je me retrouve tel aujourd'hui, ou peu s'en faut, ce qui prouve décidément que le Japon possède encore un charme d'unique et ensorcelante drôlerie. Vite une embarcation, ensuite un pousse-pousse rapide, et je suis enfin dans les gentilles rues, cueillant au passage des révérences de petites amies quelconques, mousmés, guéchas, marchandes de bibelots, qui rient sous le soleil, au milieu d'une fête générale de couleurs et de lumière.

La boutique de madame L'Ourse éclate de loin, comme un énorme et frais bouquet sur fond sombre ; tout son étalage est de roses roses et de chrysanthèmes jaunes. En face, les soubassements énormes de la nécropole et des temples, murs ou rochers primitifs, ont des garnitures, comme des volants de dentelles vertes, en capillaires, avec çà et là des grappes de campanules qui retombent.

C'est chez la mousmé Inamoto que je me rends d'abord, il va sans dire.

Pour être aperçu d'elle qui ne m'attend point, il faut me risquer jusque dans la cour de la pagode où elle demeure, et me poster au guet, derrière le tronc d'un cèdre de cinq cents ans. Jamais je n'avais fait une station si longue, caché et observant tout, dans ce lieu vénérable où vit Inamoto, ce lieu où son âme s'est formée, singulière et tellement respectueuse de tous les antiques symboles d'ici. L'herbe pousse entre les larges dalles de cette cour, où les fidèles ne doivent plus beaucoup venir; des cycas se dressent au milieu, sur des tiges géantes, et l'arbre qui m'abrite étend des branches horizontales étonnamment longues, qui se seraient brisées depuis un siècle si des béquilles ne les soutenaient de place en place. On est environné de terrasses qui supportent des bouddhas en granit et des tombes: on est dominé par toute la masse de la montagne

emplie de sépultures. Juste devant moi, il y a
le vieux temple de cèdre, jadis colorié, doré,
laqué, aujourd'hui tout vermoulu et couleur
de poussière ; de chaque côté de la porte close,
les deux gardiens du seuil, enfermés dans des
cages comme des bêtes dangereuses, dardent
depuis des âges leurs gros yeux féroces, et
maintiennent leur geste de furie.

Je veille comme un trappeur en forêt. Au
Japon, rien de bien terrible ne peut se passer,
je le sais bien ; mais je regretterais tant de lui
causer le moindre ennui, à la pauvre petite
innocente que je suis venu troubler !... Personne... Aucun bruit, que celui de la chute
légère des feuilles d'octobre. Et tant de calme
autour de moi, tant de calme que l'attitude
de ces deux forcenés dans leur cage ne s'ex-
plique plus... Ce silence commence de m'in-
quiéter. Est-ce que tout serait abandonné alentour, et ma petite amie envolée...

Avec un gémissement de vieille ferrure, la
porte du temple enfin s'ouvre, et c'est Inamoto
elle-même qui paraît, en robe simplette, les
manches retroussées, un balai à la main, pous-

sant les feuilles mortes en jonchée sur les
marches. Oh ! si jolie, entre les deux grimaces
atroces des divinités du seuil, qui grincent les
dents derrière leurs barreaux !

Un brusque nuage rose apparaît sur ses
joues ; en moins d'une seconde, elle a jeté son
balai à terre, baissé l'une après l'autre ses
deux manches-pagodes, pour courir vers moi,
dans un élan d'enfantine et franche amitié...

Mais comme elle m'étonne de n'avoir pas
peur, elle si craintive d'ordinaire !...

C'est que je suis tombé, paraît-il, à un moment choisi comme à miracle : ses petits frères,
à l'école ; sa servante, en ville ; son père, qui
ne sort jamais, jamais, parti depuis un instant
pour conduire à sa dernière demeure un ami
bonze. Verrouillé, le grand portail en bas, par
où quelque pèlerin aurait pu venir. Donc c'est
la sécurité complète et nous sommes chez nous.

De l'île sacrée, j'ai apporté pour elle une
petite déesse de la mer, en ivoire, qu'elle cache
dans sa robe. Et elle rit, de son joli rire de
mousmé, qui n'est pas banal comme celui des
autres ; elle rit parce qu'elle est contente,

émue, parce qu'elle est jeune, parce que le soleil est clair, le temps limpide et berceur.

— Veux-tu venir voir notre temple? propose-t-elle.

Et nous pénétrons dans le vieux sanctuaire obscur, empli de symboles agités, de formes contournées, de gestes menaçants qui s'ébauchent dans l'ombre. Un peu de paix seulement vers le fond, où des lotus d'or, dans de grands vases, s'étalent et se penchent avec une grâce de fleurs naturelles, devant une sorte de tabernacle voilé d'ancien brocart. Mais sur les côtés, des dieux de taille humaine, rangés contre les murs, gesticulent avec fureur. Et, au plafond, embusqués entre les solives, des êtres vagues, moitié reptile, moitié racine ou viscère, nous regardent avec de gros yeux louches.

— Veux-tu venir voir ma maison? dit-elle ensuite.

Et j'entre, après m'être poliment déchaussé, dans un logis centenaire, mais propre et blanc, où la nudité des parois et l'élégance d'un vase de bronze, empli de fleurs, témoignent de la distinction des hôtes. L'autel des ancêtres, en

laque rouge et or, très enfumé par l'encens, est
encore fort beau, et très longues sont les gé-
néalogies inscrites sur les saintes tablettes.

Épouvantée tout à coup, comme de quelque
sacrilège commis en me montrant cela, ma
petite amie me regarde, au fond des yeux, avec
une interrogation ardente. — Mais non, mes
yeux à moi n'expriment rien d'ironique, du
respect au contraire, et je ne souris pas. Alors,
sa jeune conscience aussitôt se calme ; elle
m'ouvre des coffrets en forme d'armoire, enfer-
mant chacun une divinité dorée qu'elle vénère.

Bientôt l'heure d'aller ouvrir le portail en
bas de la cour, à cause des petits frères qui vont
rentrer de l'école. Et elle me reconduit, par le
sentier vertical aux marches de terre, jusqu'à
la jungle murée, là-haut, où se donnaient nos
rendez-vous autrefois, et d'où je m'en irai par
escalade comme j'étais venu.

Ainsi nous nous retrouvons ensemble, dans
ce même bois, qui nous réunira encore presque
chaque soir pendant au moins trois semaines,
— quand j'avais si bien cru que c'était fini,
qu'entre nous était tombé le rideau de plomb

d'une séparation sans retour, sans lettres possibles, aggravé d'immédiat et éternel silence...

— Quel dommage, me dit une heure plus tard mademoiselle Pluie-d'Avril, assise sur les nattes blanches de son logis, avec M. Swong dans les bras, — quel dommage que tu ne sois pas venu tout droit chez nous ce matin !... Ma grand'mère t'aurait indiqué... Tu serais allé vite à la pagode du Cheval de Jade, où il y avait une grande fête et des danses religieuses; nous y étions presque toutes, les meilleures danseuses de Nagasaki, et moi je me tenais en haut, comme sur un nuage; je faisais le rôle d'une déesse, et je lançais des flèches d'or. Mais. ajoute-t-elle, demain après-midi, tu m'entends bien, c'est la fête des guéchas et des maïkos; ça ne se fait qu'une fois l'an; nous sortirons toutes en beau costume, par groupes, sous des dais magnifiques, et nous représenterons des scènes de l'histoire, sur des estrades que l'on nous aura préparées dans les rues. Ne va pas manquer ça, au moins !

En approchant de chez madame Renoncule, je faisais de louables efforts pour être ému. C'est que, vraisemblablement, j'allais y rencontrer les époux Pinson, ma belle-mère m'ayant annoncé autrefois qu'ils viendraient avec l'automne s'installer auprès d'elle.

Frais superflus, inutile dérangement de cœur : à la suite d'un pèlerinage efficace à certain temple, très recommandé pour les cas rebelles comme le sien, madame Chrysanthème, après quatorze ans de mariage stérile, s'était tout à coup sentie dans une position intéressante très avancée, qui n'avait pas permis de songer à un plus long voyage. — Et ce n'est pas sans une teinte d'orgueil maternel que madame Renoncule me fait part de telles espérances.

Allons, le sort en est jeté, nous ne nous reverrons point. Après tout, c'est plus correct ainsi. Et puis, il faut savoir se mettre à la place de son prochain : M. Pinson n'aurait-il pas éprouvé quelque gêne à m'être présenté ?

Mon Dieu, qu'est-ce qu'il se passe donc chez madame Prune ? Ce n'est pas le même incident

que chez madame Chrysanthème, les suites
d'un pèlerinage trop efficace?... Non, vraiment
je me refuse à le croire... Cependant je vois
sortir de chez elle un médecin; puis deux
commères affairées qui ont des visages de circonstance. Et je presse le pas, très perplexe.

L'aimable femme est étendue sur un matelas
léger; les formes, dissimulées par un *fton*, —
qui est une couverture avec deux trous garnis
de manches pour passer les bras. — La tête,
qui repose sur un petit chevalet en bois d'ébène,
me paraît plutôt engraissée, mais avec je ne sais
quoi de calmé, de moins provocateur dans le
regard. Et je m'étonne surtout du peu d'émotion que paraît causer ma présence.

Deux dames agenouillées s'occupent à lui
faire avaler une prière, écrite sur papier de riz
qu'elles pétrissent en boule, comme une pilule.
Et debout se tient une personne que je n'avais
pas vue depuis quinze ans, mais qui certes me
reconnaît, et qu'un grain de beauté sur la
narine gauche me permet aussi d'identifier au
premier coup d'œil: mademoiselle Dédé, l'ancienne servante du ménage Sucre et Prune,

devenue aujourd'hui une imposante matrone,
un peu marquée, mais agréable encore.

Avec un sourire spécial, gros de confidences
intimes, mademoiselle Dédé, qui a vu mon
émoi, me donne d'abord à entendre que ce n'est
rien de grave.

Dans le jardin où elle me reconduit ensuite,
— car je ne prolonge pas davantage une entrevue qui semble à peine plaire, — elle m'expli-
que comment madame Prune, après une
jeunesse interminable, vient de traverser enfin,
et victorieusement du reste, certaine crise,
certain tournant de la vie par où les autres
femmes passent toutes, mais en général nombre
d'années plus tôt.

Elle me conte aussi qu'elle-même, Dédé-San,
après avoir consacré quatorze années de sa jeunesse à l'une des maisons les mieux fréquentées
du Yoshivara, se voit aujourd'hui revenue de
tant d'illusions, de tant et tant qu'elle a résolu
de se retirer, avec son petit pécule, sous l'égide
indulgente de madame Prune.

LIII

— Ne va pas manquer cela, au moins ! m'avait
dit hier mademoiselle Pluie-d'Avril, en me
parlant de la fête d'aujourd'hui.

Et le beau soleil de une heure me trouve à
flâner, dans les rues par où les petites fées
doivent passer.

Un premier dais, là-bas, s'avance lentement,
suivi d'un cortège de curieux. Il est rond et
semble une immense ombrelle plate. Au-dessus
tremble une folle végétation de lotus roses,
plus grands que nature. Il est très nettement
cerclé par un large bourrelet de velours funé-

raire, où se reconnaît le goût de ce peuple
pour la couleur noire et aussi pour la précision
des contours. Un seul homme porte pénible-
ment l'édifice, par une hampe centrale, comme
serait le manche d'un parasol. Et des draperies
de brocart d'or, qui retombent en rideaux à
demi fermés, laissent entrevoir là-dessous cinq
ou six dames nobles d'autrefois, ayant bien
douze ans chacune : des figures qui paraissent
encore plus enfantines, encadrées par de si
solennelles perruques, — et peintes, et attifées
avec quel art stupéfiant et lointain !... Mais je ne
connais personne dans ce petit monde. Passons

Un quart d'heure après, rencontre d'un nouveau dais, cerclé de velours noir comme le
précédent, mais au-dessus duquel des branches
d'érable à feuilles rouges, en place des lotus,
simulent une broussaille de forêt. On me
sourit là dedans ; deux ou trois des invraisemblables petites bonnes femmes, aperçues
entre les rideaux de brocart, me disent bonjour : danseuses, que j'ai vaguement connues
dans quelque maison-de-thé. Mais ce n'est pas
ce que je cherche. Passons encore !

Troisième dais qui apparaît dans le lointain,
avec aussi son bourrelet noir. Il est surmonté,
celui-là, d'un cerisier en fleurs, chaque rameau
tout neigeux de frais pétales blancs ; un cerisier
si bien imité qu'il apporte presque une impression de printemps frileux au milieu de ce
tiède automme. C'est du reste le dais le plus
riche, et aussi le plus suivi : derrière, che-
minent une centaine d'enfants, mouskos[1] ou
mousmés, qui viennent sans doute de s'échapper
de l'école, car ils ont encore sur le dos leur
carton et leurs livres... Oh ! mais qu'est-ce
qu'il y a là-dessous, quels étranges petits
êtres ?... Des petits guerriers d'autrefois, armés
de pied en cap, portant beau et farouche, mais
lilliputiens, et paraissant plus comiques encore
auprès du solide garçon qui tient à l'épaule la
hampe du dais somptueux.

Et un de ces petits personnages, qui ressemble
au chat botté, passe entre les rideaux sa tête
casquée, pour me faire signe, et encore signe,
avec une singulière insistance. — Est-ce pos-

1. Mousko, petit garçon.

sible ? Pluie-d'Avril !... Pluie-d'Avril en samouraï à deux sabres ! Non, jamais je ne l'avais
vue si étonnante et si drôle ; une cuirasse,
toute une armure, un casque et des cornes ; sur
le minois, des traits au pinceau pour donner
l'air terrible qu'ont les guerriers des vieilles
images, et, par je ne sais quel procédé spécial,
des sourcils remontés jusqu'au milieu du front.
Auprès d'elle, son amie Matsuko, en samouraï
également, la figure aussi peinturlurée dans le
genre féroce, et les sourcils changés de place.
Et puis trois ou quatre nobles douairières,
dans les douze ou treize ans, fort blasonnées,
avec des robes à traîne.

Cette fois, je fais cortège, bien entendu.

A certain carrefour, le mieux fréquenté de
la ville, une estrade était dressée, sur laquelle
tous ces petits guignols exquis prennent place
avec dignité.

Alors commence une scène historique de
haute allure. Pluie-d'Avril, qui a le premier
rôle et brandit son sabre en beaux gestes de
tragédie, déclame tout le temps sur sa plus
grosse voix de moumoutte en colère. Une voix

qu'elle tire on ne sait comment du fond de son gosier menu. Une voix qui, parfois, tourne, se dérobe en son de petite flûte, en fausset de petit enfant, — et c'est alors qu'elle est le plus adorablement impayable, ma sérieuse tragédienne.

LIV

Dans le cabinet particulier de la maison-de-
thé, où je les ai mandées aujourd'hui pour
leur faire compliment, elles arrivent languis-
santes et en négligé intime, mes deux petites
amies, Pluie-d'Avril et Matsuko qui ne boude
plus. Elles n'ont apporté ni masques ni guitares,
sachant bien que ce n'est point comme autrefois
pour leurs chants et leurs danses, mais pour
elles-mêmes que je continue de venir les voir,
en vieux camarades que nous sommes à
présent.

Mais sont-elles changées! Ce n'est pas seule-

ment la fatigue d'hier, il y a autre chose...
Ah! leurs sourcils qui manquent! Elles les
avaient rasés, les petites barbares, pour s'en
mettre de postiches à deux centimètres plus
haut! Les voilà donc presque vilaines, jusqu'à
ce qu'ils aient repoussé. Et puis, aucun apprêt
dans la chevelure, point de coques élégantes ni
de piquets de fleurs; les cheveux encore tout
collés et tout plats, comme la veille sous les
casques lourds, elles ressemblent à deux pauvres
petites moumouttes qui seraient tombées à l'eau
et en garderaient encore le poil mouillé.
Presque vilaines, oui, mais fines et mignonnes
créatures quand même.

Elles m'ont apporté leurs photographies pro-
mises, auxquelles il s'agit maintenant de mettre
la dédicace. Et, sur leur ordre, des mousmés
servantes déposent à leurs côtés, par terre, une
boîte à écrire en laque, avec pinceaux délicats,
encre de Chine, godets, l'attirail qu'il faut.
C'est par terre aussi qu'elles sont assises, et
c'est par terre aussi que tout cela va se passer,
bien entendu. D'abord elles discutent gravement sur les termes, et même, je crois, sur

certain point obscur d'orthographe. Et puis, à
main levée, à main sûre et vive, elles tracent de
haut en bas, sur les petits cartons où est leur
image, un grimoire sans doute fort aimable,
que je me ferai traduire plus tard.

A présent, laissons-les se reposer, d'autant
plus que le soleil d'automne rayonne dehors,
mélancolique et doux, et qu'Inamoto m'attend
sur la délicieuse montagne, — où partout les
fougères sont devenues longues, longues, dans
leur dernier développement de fin d'été, et où
déjà les sentiers se parent de tapis couleur de
rouille et d'or, à la chute des feuilles mortes.

Qu'elles auront donc passé vite et légèrement,
ces trois dernières semaines dans la ville de
madame Prune. Est-ce possible qu'elles soient
déjà si près de finir?

Aujourd'hui, vrai dimanche d'automne,
premier jour sombre, froid; les montagnes
alentour, comme écrasées sous un ciel bas et
lugubre.

Et puis, éternels changements de la vie maritime : hier, on était encore tout à la joie de

cette dépêche, annonçant le retour du *Redou-table* en France; aujourd'hui, découragement sans bornes en présence d'un nouveau contre-ordre qui maintient le navire et son équipage une troisième année dans les mers de Chine. Mes plus proches camarades et moi, nous ren-trerons quand même au printemps prochain, par quelque paquebot, avec notre amiral dont nous composons la suite; mais nos pauvres matelots resteront à bord, exilés pour une année de plus, y compris le mélancolique fiancé, avec sa petite caisse de présents et sa pièce de soie blanche pour la robe de mariée.

De toute façon, si le *Redoutable* plus tard revient à Nagasaki, je n'y serai plus, et quand il quittera ce pays mercredi prochain pour faire route vers l'Annam, il me faudra dire l'éternel adieu à toute japonerie...

Aujourd'hui, mon suprême rendez-vous dans la montagne avec Inamoto, ma gentille amie, que son père emmène demain je ne sais où, dans l'intérieur de l'île, bien loin d'ici. Sous le ciel obscur, je m'achemine donc une dernière

fois vers le vieux parc abandonné, là-haut, en
pleine ville des morts. Par ce temps gris, au-
tomnal pour la première fois de la saison, je
retrouve dans les chemins grimpants, parmi les
feuilles mortes et les longues fougères somptueuses, mes nostalgies de l'automne passé.
Combien m'étaient déjà familières les moindres
choses de ces parages, chaque tournant des sentiers, chaque tombe enlacée de son lierre japonais
aux feuilles en miniature, et les vieux petits
bouddhas de granit au sourire d'enfant mort,
et les lichens vert pâle sur le tronc des grands
cèdres... Vraiment je n'arrive pas à me figurer
que tout cela, je ne le reverrai jamais, jamais
plus.

De l'autre côté du mur aux fines capillaires,
Inamoto m'attendait, agitée, inquiète, disant
que je n'étais pas à l'heure, que son père allait
l'appeler, qu'on aurait à peine le temps de se
voir.

Est-ce possible qu'au fond de sa petite âme
il y ait eu sincèrement un peu d'amitié pour
moi? Il le faut bien, à ce qu'il semble, pour
qu'elle soit tout le temps revenue. Et d'ailleurs

je ne crois pas que l'affection ait toujours besoin de paroles, de connaissance approfondie, ni même de cause raisonnable quelconque; elle peut jaillir comme cela, d'un regard, d'une expression d'yeux, d'un rien moindre encore, qui échappe à toute analyse.

Et maintenant il va falloir se séparer d'une façon brusque et absolue sans même de lettres pour se rappeler l'un à l'autre, sans communication possible, jamais. C'est comme une brutale coupure de sabre, entre nos deux existences pendant un an rapprochées.

On l'appelle d'en bas, dans la cour de la pagode, sur un ton de commandement. Elle répond : « Oui, mon père, je viens. » Je n'avais jamais entendu sa voix, à elle, vibrer si loin, une voix claire et jolie. Allons, il faut se dire adieu. Et je l'embrasse, ce que je n'avais pas osé faire encore; une embrassade de bonne amitié attristée. Elle croit devoir me rendre mon baiser, — et s'y prend avec tant de gentille gaucherie, comme un bébé qui ne sait pas !... On dirait qu'elle n'a jamais de sa vie embrassé personne.

Au fait, s'embrassent-ils entre eux, les Japonais? Je ne l'ai jamais vu. Même les petites mamans nipponnes, qui sont si tendres, n'ont jamais, en ma présence, mis un baiser sur la joue de leur enfant-poupée.

On appelle à nouveau d'en bas. Elle va quitter Nagasaki tout à l'heure, son petite bagage prêt, ses socques et son parapluie; impossible de prolonger... Et l'instant de la séparation s'éclaire tout à coup d'une sorte de feu de Bengale, comme pour un effet au théâtre : c'est le soleil couchant qui, au bas de l'horizon, vient d'apparaître dans une déchirure du grand nuage en voûte fermée; alors les mille tiges des bambous ont l'air d'avoir été soudainement peintes à l'or rouge. Elle se sauve, la mousmé, qui aujourd'hui ne pourra même pas, comme les soirs habituels, risquer les yeux par-dessus l'enclos pour surveiller ma fuite au milieu des tombes. Et, en escaladant le mur, j'arrache cette fois une poignée de capillaires, que j'emporte.

Il y a maintenant un reflet d'incendie sur la montagne des morts, que le soleil illumine en plein ; la nécropole où j'aimais tant venir se met en frais pour mon dernier soir.

Je m'en allais avec lenteur, dans les petits sentiers encombrés de fougères, et, m'étant retourné par hasard, voici que j'aperçois, là-bas au-dessus du mur, les cheveux noirs, le gentil front et les deux yeux qui avaient coutume de me regarder descendre. Elle est donc revenue sur ses pas, la mousmé !... Et le sentiment qui l'a ramenée là me touche infiniment plus que tout ce qu'elle aurait pu me dire. J'ai envie de remonter. Mais elle me fait signe : non, trop tard, et il y a un danger, adieu !...

Pourtant, je l'oublierai dans quelques jours, c'est certain. Quant à ces capillaires que j'ai prises, par quelque rappel instinctif de mes manières d'autrefois, il m'arrivera bientôt de ne plus savoir d'où elles viennent, et alors je les jetterai — comme tant d'autres pauvres fleurs, cueillies de même, dans différents coins du monde, jadis, à des heures de départ, avec l'illusion de jeunesse que j'y tiendrais jusqu'à la fin...

LV

Encore les nuâges bas et sombres, avec un de ces premiers brouillards qui annoncent l'hiver.

Pour moi, l'âme de ce pays s'en est un peu allée hier au soir avec la mousmé Inamoto, je le sens bien.

J'ai préféré ne pas retourner seul dans son vieux parc, ni dans la nécropole alentour, et ma promenade d'aujourd'hui, sans but, sur une montagne à peu près déserte que je ne connaissais point, m'a fait rencontrer par hasard le sentier des cadavres... Ils passaient devant

moi, tandis que j'étais assis tout au bord du
chemin, sous la véranda d'une maison-de-thé
isolée, misérable et de mauvais aspect, où l'on
avait paru très surpris de me voir. Ils passaient chacun dans une espèce de grande cuve
enveloppée de drap blanc et attachée à un bâton
que deux portefaix à mine spéciale tenaient sur
l'épaule. Sans cortège, seuls et sournois, ils
allaient se faire brûler, un peu plus haut, dans
la brousse, me frôlant presque de leur linceul
drapé, — moi qui ne savais pas, moi qui trou-
vais seulement un peu étranges et inquiétantes
ces cuves enveloppées, allant toutes vers le
même endroit comme à un rendez-vous. Au
cinquième qui passa, le brusque soupçon vînt
me faire frissonner : j'avais senti une odeur
de pourriture humaine.

— Qu'est-ce qu'ils emportent, ces hommes?
demandai-je à la vieille pauvresse qui versait
mon thé.

— Comment, tu ne sais pas?

Et elle acheva sa réponse par une plaisan-
terie macabre, fermant les yeux, ouvrant sa
bouche édentée et s'affaissant tout de travers,

la tête dans sa main... Oh! non, j'aurai préféré n'importe quels mots à cette mimique
effroyable... Horreur, j'étais à deux pas des
bûchers, dans la maison-de-thé des brûleurs
et des croque-morts!

En me sauvant, par le sentier de descente,
j'en croisai encore un autre, qui montait à la
fête avec son petit. Sa cuve était énorme, à
celui-là, et il devait peser lourd, si l'on en
jugeait par l'expression angoissée des deux portefaix en sueur; quant à son petit, un enfant
tout jeune sans doute, il s'en allait dans un
seau, également enveloppé de linge blanc, que
l'un des deux croque-morts s'était pendu à la
ceinture. Et, tant le chemin était étroit, il
fallut me jeter dans les épines et les fougères
pour n'être point frôlé. Quelle figure cela pouvait-il avoir, ce qui était accroupi dans cette
cuve, quelle sorte de grimace cela pouvait-il
bien faire à madame la Mort?...

Ainsi j'avais habité longuement Nagasaki à
plusieurs reprises, sans découvrir où on les
brûlait, tous ces cadavres, avant de les promener si allègrement en ville dans leur gen-

tille châsse, avec cortège de fleurs artificielles
et de mousmés en robe blanche. Non, ce n'était
qu'aujourd'hui, par ce temps brumeux d'hiver,
rendant lugubres toutes choses, et à la veille
même de m'en aller pour toujours, que je
devais tomber par hasard sur le lieu clandestin
de cette cuisine...

LVI

Mardi, 29 octobre.

Encore un des matins charmants d'ici ; l'avant-
dernier, puisque demain, à la première heure,
ce sera le départ. Une aube rosée et adorablement confuse, sur les grandes montagnes qui
entourent le *Redoutable* et sur l'appareillage
silencieux des jonques de pêche, aux voiles à
peine tendues, glissant toutes vers le large
comme ces bateaux de féerie qui n'ont pas de
poids et que l'on fait passer doucement sur
de l'eau imitée.

C'est étrange, je me sens plus triste à ce
départ qu'à celui d'il y a quinze ans, — sans

doute parce que tout l'inconnu de la vie n'est plus en avant de mon chemin, et que je suis à peu près sûr aujourd'hui de ne revenir jamais.

Demain donc, ce sera fini du Japon; le grand large nous aura repris, le grand large apaisant et bleu, qui fait tout oublier. Et nous irons vers le soleil; dans cinq ou six jours, nous serons dans les pays d'éternelle chaleur, d'éternelle lumière...

Tant d'adieux j'ai à faire aujourd'hui, ayant su me créer en ville de si brillantes relations : madame L'Ourse, madame Ichihara, madame Le Nuage, madame La Cigogne, etc.!

Un temps à souhait; un doux soleil d'arrière-saison, qui rayonne sur mon dernier jour. Il n'y a vraiment pas de pays plus joli que celui-là, pas de pays où les choses, comme les femmes, sachent mieux s'arranger, avec plus de grâce et d'imprévu, pour amuser les yeux. C'est le pays lui-même que je regretterai, plus sans doute que la pauvre petite mousmé Inamoto; ce sont les montagnes, les temples, les verdures, les bambous, les fougères. Et, tous les

recoins qui me plaisaient, j'ai envie cet après-
midi de les revoir encore.

En allant prendre congé de madame L'Ourse,
je passe devant une pagode où il y a fête et
pèlerinage ; depuis quinze ans je n'avais plus
revu de ces fêtes-là et je les croyais tombées en
désuétude. C'est un de ces lieux d'adoration,
au flanc de la montagne, où l'on grimpe par
des escaliers en granit de proportions colos-
sales. Suivant l'usage, le vieux sanctuaire en
bois de cèdre, qu'on aperçoit là-haut, est enveloppé pour la circonstance d'un velum blanc,
sur lequel tranchent de larges blasons noirs,
d'un dessin ultra bizarre, mais simple, précis
et impeccable. Et la porte ouverte laisse voir,
même d'en bas, les dorures des dieux ou des
déesses assis au fond du tabernacle.

Des mendiants estropiés, des idiots rongés
de lèpre ont pris place au soleil d'automne
des deux côtés de l'escalier pour recevoir les
offrandes des pèlerins. Et un pauvre petit
chat, galeux et crotté, est aussi venu d'ins-
tinct s'aligner avec ces échantillons de mi-
sères.

21

Mais comme il y a peu de fidèles! Décidément la foi se meurt, dans cet empire du Soleil-Levant. Quelques bons vieux, quelques bonnes vieilles, qui se préparent à fixer bientôt dans cette montagne leur résidence éternelle, grimpent avec effort, à pas menus, courbés, leur parapluie sous le bras; ils ont l'air bien naïf, bien respectable; ils traînent des bébés par la main; et les socques en bois de ces braves gens, enfants ou vieillards, font clac, clac, sur le granit des marches.

Au premier palier, à mi-hauteur, stationne un groupe de petites mousmés ravissantes, d'une dizaine d'années, qui sortent de l'école avec leur carton sous le bras. Que regardent-elles ainsi, avec tant d'attention et de stupeur, ces petites beautés de demain? — Oh! une horrible chose; un vieux mendiant aux yeux obscènes et goguenards, qui est là couché, étalant avec complaisance devant lui un innomable tas de chair hypertrophiée, de la grosseur d'un quartier de porc... Et c'est on ne peut plus japonais, cet assemblage; ces gracieuses petites écolières à côté de cette monstruosité

qui, chez nous, serait internée tout de suite
par la police des mœurs.

Je me rends ensuite chez madame Renoncule. Très corrects, très bien, avec juste la
dose d'émotion qui convenait, mes adieux à
ma belle-mère — et à son jardinet, que je suis
sûr de revoir dans mes songes, aux périodes
de spleen.

Plus gentils, mes adieux à ma petite Pluie-
d'Avril, qui reste prosternée au seuil de sa
porte, avec M. Swong dans les bras, tant que
je suis visible au bout de la rue solitaire.
Pauvre mignonne saltimbanque! Obligée par
métier d'être un peu comme ces jeunes chats
qui font ronron pour tout le monde, je crois
cependant qu'elle me gardait un peu plus
d'amitié qu'à tant d'autres.

Pour la fin j'ai réservé madame Prune et
ses effusions probables. Depuis cette visite du
mois dernier, où je la trouvai aux prises avec
son médecin, croirait-on que je n'ai plus songé
à m'informer d'elle...

Je commence donc l'ascension de Dioudé

jendji, et c'est par ce sentier à échelons si
raides, qui jadis arrachait tant de soupirs à
la petite madame Chrysanthème, quand nous
rentrions le soir, avec nos lanternes achetées
chez madame L'Heure, après avoir fait la fête
anodine dans quelque maison-de-thé. Il me
semble que rien n'a changé ici, pas plus les
maisonnettes que les arbres ou les pierres.

L'air est doucement tiède, et un petit vent
sans malice promène autour de moi des feuilles
mortes. Madame Prune, l'avouerai-je, est bien
loin de ma pensée; si je remonte vers son
faubourg tranquille, c'est pour dire adieu à des
choses, des lieux, des perspectives de mer et
des silhouettes de montagne, où quelques souvenirs de mon passé demeurent encore; je suis
tout entier à la mélancolie de me dire que,
cette fois, je ne reviendrai jamais, — et ce
sentiment du *jamais plus* emprunte toujours
à la Mort un peu de son effroi et de sa gran-
deur...

Là-haut dans le jardinet de mon ancien logis,
dont j'ouvre le portail en habitué, une vieille
dame à l'air béat est assise au soleil du soir et

fume sa pipe. Robe d'intérieur en simple coton bleu. Plus rien de fringant dans le port de tête. Ni apprêts ni postiches dans la chevelure ; deux petites queues grises, nouées sur la nuque à la bonne franquette. Enfin, une personne ayant complètement abdiqué, cela saute aux yeux de prime abord, et je n'en reviens pas.

— Madame Prune, dis-je, voici l'heure du grand adieu.

Petit salut insouciant, en guise de réponse. Debout derrière elle, replète aussi, niaise et un peu narquoise, se tient mademoiselle Dédé.

— Madame Prune, insisté-je, ne me croyant pas compris, je m'en retourne dans mon pays ; entre nous l'éternité commence.

Second salut de simple politesse, et, pour m'inviter à m'asseoir, geste aimable sans chaleur.

Comment, tant de calme en présence de la suprême séparation !... Mais alors, c'est donc que, seul, mon corps périssable aurait eu le don d'émouvoir cette dame, puisque aujourd'hui, délivrée enfin de la tyrannie d'une

imagination trop romanesque, elle ne trouve
plus dans son cœur un seul élan vers le
mien.

— Eh bien ! non, madame Prune, s'il en est
ainsi, je ne m'assoirai point : je croyais vos
sentiments placés plus haut. La déception est
trop cruelle. Je m'en vais.

La fermeture à secret du portail, que j'ai
fait de nouveau jouer pour sortir, rend son
bruit familier, son toujours pareil crissement,
que j'entends ce soir pour la dernière des dernières fois. Quand je jette ensuite un coup
d'œil en arrière, sur cette maisonnette où j'ai
passé jadis un été sans souci, au chant des
cigales, j'aperçois encore la petite vieille bien
grasse, bien repue, bien contente, et tassée
maintenant sur elle-même, qui secoue sa pipe
contre le rebord de sa boîte (un pan pan pan
que je ne réentendrai jamais) et qui me regarde partir, d'un air très détaché. Non, décidément rien ne vibre plus dans cet organisme
gracieux, qui fut durant des années la sensibi-
lité même ; l'âge a fait son œuvre !...

Ainsi finit brusquement cette troisième jeunesse de madame Prune, que la déesse de la Grâce avait, je crois, prolongée un peu plus que de raison.

FIN

IMPRIMERIE CHAIX, RUE BERGÈRE, 20, PARIS. — 1046-1-05. — (Encre Lorilleux).